비단옷의
정원사

꿈꾸는 사람에게 허락된
비밀의 정원

비단옷의
정원사

김상미 지음

다른

◦ **차례** ◦

외부와의 연결 지점

소창다명

표롱각 1구역
대가 구역

화려한 빛 구역

정원사의 스케치 - 생각 정원 전체 지도

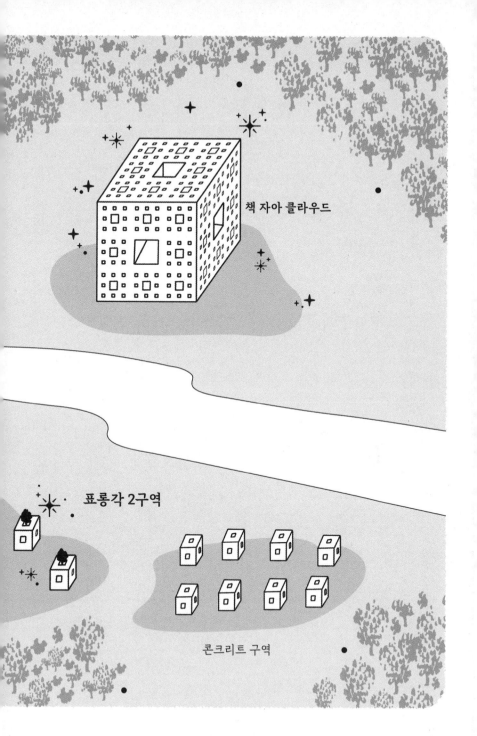

책 자아 클라우드

표롱각 2구역

콘크리트 구역

붉은 실을 든 청년

"자네가 먼저 못 하겠다고 하면 안 될까?"

수화기를 넘어 나지막한 목소리가 들렸다. 정중한 부탁 같지만 듣는 이에게는 선택권이 없다는 뜻을 분명히 품었다. 나는 아무 말을 못 했다.

"내가 오지랖이 넓은 걸 수도 있지만 편집장이 자네 때문에 여간 힘든 게 아냐. 항의가 빗발치고 있거든. 이것도 글이냐, 이런 글을 계속 올릴 거면 구독료를 내지 않겠다, 최소한 무슨 말인지 알게 해 줘야 하는 거 아니냐, 새로운 실험이면 무조건 예술이냐, 천재인 척하는 거 아니냐, 등등."

이 사람의 목소리는 울림이 왜 이리 좋단 말인가. 내가 연재를 그만둬야 할 구구절절한 이유를 내 방 구석구석에 새겼다. 본인이 내게 하고 싶은 말을 남의 말을 빌려 하는 건 아닌지. 그 소리를 멈추려면 빨리 답하는 수밖에.

"알겠습니다. 편집장님께는 제가 말씀드릴게요."

난 항복했다.

"너무 오래 끌지 않았으면 좋겠네."

확인사살. 그는 통화의 끝에 진심을 꽂았다. 처음부터 연재를 그만두라고 말하든가. 내가 만약 원하는 답을 하지 않았으면 그 다음엔 어떤 말을 했을까? 좀 더 버텨 볼걸, 하는 오기가 뒤늦게 작동했다.

"이제 와서 말인데 자네 책 말야. 그나마 남들 신경 안 쓰는 편집장이어서 나올 수 있었던 거야. 그건 꼭 알아주면 좋겠네."

자기는 맘에 들지 않는데 편집장이 고집해서 망했다는 한풀이를 하는 거군. 혼난 기분이 드는 건 왜일까? 한없이 작아져 전화기를 들 힘도 없어졌다. 내가 뭘 잘못한 건가?

✦

"응애!"

그 한마디면 의사소통이 모두 되던 시절이 좋았다. 그때는 모두가 나를 쳐다봤었지. 내 표정 내 동작 하나하나에 사람들이 주목했었다. '응애'를 외치면 사람들은 서로 나서서 내가 하려는 말을 귀신같이 해석하고 나의 요구를 들어주었다. 몇 해 지나서까지 내 매력은 그럭저럭 유지되었다. 그러길 10년을 넘었을 때, '응애'는 '아니', '그냥', '몰라'로 업데이트됐다. 그래도 여전히 주변의 어른들은 그 몇 자 되지 않는 도도함에 담긴 의미를 파악하기 위해 애썼다.

감사한 줄 모르고 오만했던 시절에서 다시 몇 해 지나 성인이 되니 상황은 완전히 바뀌었다. 사람들은 더 이상 나를 쳐다보며 내 말에 담긴 의미를 해석하지 않았다. 오히려 사람들의 주목을 받으려면 무진 애를 써야 했다. 사람들에게 매력적으로 다가가기 위해 나의 생각을 어떻게 표현해야 할지 고민해야 했다. 그래야 먹고사니까. 하지만 사람들이 알아서 챙겨 주던 지난날에 너무 익숙해져서 우리말 실력을 제대로 키우지 못한 탓일까? 성인이 되었는데도 생각을 정확하게 전달하기가 어려웠다. 할 말이 있을 때도 꾹꾹 참았던 건 감정을 정확하게 표현하는 데 서툴러서였다. 감정이 쌓이는 속도가 말로 풀어내는 속도보다 빠르니 욱하는 일도 잦아졌다. 부끄러웠다.

이래선 안 되겠다 싶어 닥치는 대로 책을 읽었다. 이렇게 노력하다 보면 세상에 처음 진입한 순간, 울음소리로밖에 표현할 수 없었던, 내 작은 몸을 관통한 벅찬 감정도 언어로 표현할 수 있게 되겠지. 그렇게 이런저런 노력을 쌓다 보니 나는 자연스럽게 나 또는 어떤 이의 감정을 문자로 번역할 수 있는 작가가 되었다. 내가 겪은 느낌을 온전하게 담아낼 언어를 찾아 차곡차곡 모으고, 이런저런 단어의 해체와 조립을 통해 감정을 섬세하게 전할 새로운 표현도 만들곤 했다. 새로운 향을 만들어 내는 조향사처럼. 그리고 그 과정을 담아 첫 번째 책을 냈다.

하지만 오늘 걸려 온 전화 한통으로 증명이 되었듯이 대중들의 관심에는 닿지 못했다. 공들였던 내 첫 책은 보기 좋게 실패했다. 노력한다고 화려한 결과까지 얻는 건 아니라는 큰 깨우침을 얻었다. 하지만 난 괜찮았다. 책을 많이 파는 게 목표는 아니었으니까. 하지만 판매량을 볼 때마다 나의 시도를 응원해 주던 편집장에게 미안한 건 어쩔 수 없었다. 허해진 맘을 달래려 책장을 뒤적였다. 이곳저곳 파 놓기만 하고 수확은 얻지 못하는 초보 정원사의 정원을 보는 듯했다. 이런 상황에서도 의지할 곳이라곤 책밖에 없다니.

'세상의 모든 문장이 있는 곳에 닿을 수만 있다면….'

전화 한 통의 총에 맞아 구멍 뚫린 마음을 부여잡고 멍해지던 그때, 또 다른 압박이 들려왔다.

"넌 만날 방에서 뭘 그렇게 파고드니? 그렇게 파 봤자 밥이 나오니? 떡이 나오니?"

오늘따라 유난히 귀에 꽂혔다. 언어 따위나 찾으며 허송세월하지 말고 당장 먹을 밥부터 찾으라는 소리로 들렸다. 그 말은 나의 자격지심에 명중했다. 털썩. 온몸에 힘이 쭉 빠지더니 책장 앞에서 한없이 가라앉았다. **까무룩.**

✦

'그러게. 정말 파고들면 뭐가 나올까?'

난 그 말을 곱씹었다. 그리고 파기로 마음먹었다. 단언컨대 반발심에서만은 아니었다. 나도 궁금했다. 하고 싶던 일도 남이 시키면 던져 버렸던 내가 이 일만큼은 누가 부추겨서 하게 된 꼴이다. 과연 어떤 결과가 나올까? 어찌 되었건 이왕 시작했으니 끝은 봐야겠다는 마음으로 뭔가를 잘 팔 수 있는 도구를 찾았다.

'뭐로 파나?'

내가 갖고 있는 도구를 살피고 그중에 가장 적절한 것을 골랐다. 일단 딱딱한 표면을 두드리기 시작했다. 표면이 말랑말랑해지고 균열이 시작돼야 깊게 파고들 수 있으니까. 적은 힘으로 여러 번 두드렸다. 서서히 금이 갔다. 숨을 한 번 고르고 작은 틈이 보이는 곳부터 집중해서 공략하다 그 범위를 넓히며 파고들었다.

"툭툭, 투투투툭."

나는 매일매일 팠다. 파는 일에 빠져서 배도 고프지 않았다. 사람들은 나를 걱정하기 시작했지만 난 괜찮았다. 난 생각만으로도 배부른 특이한 체질이니까. 밥이나 빵을 잔뜩 기대하며 파 내려간 곳에서 먼저 만난 건 실망스럽게도 각종 쓰레기였다. 어쩜 쓰레기는 그리도 다양하고 많은지. 자칫하면 더 파고들지 못하고 쓰레기에 둘러싸여 파묻힐 뻔했다. 유리 조각, 대못, 자투리 헝겊, 주워 담지 못한 말, 과거의 연인 등 일일이 나열하기도 힘들었다.

예상치 못한 쓰레기들이 나올 때마다 과거의 기억이 소환됐다. 잊은 줄 알았던 기억의 귀환. 그건 내 뇌를 자극하는 마중물이 되었다. 이렇게 계속 파고들면 누군가가 숨기고 잊었거나 잃어버린 보물까지 찾을 수 있겠다. 그러다가 밥이나 빵도 나오지 않을까? 사람들에게 보여 줄 상상을 하니 작은 웃음이 터져 나왔다. 파고드는 길 중간중간에는 테세우스가 미궁에서 빠져나올 수 있도록 실을 건네준 아리아드네를 떠올리며 붉은 실을 심었다. 그렇게 한참을 파고드는데 어디서 소리가 났다. 사각사각.

파는 것을 멈추고 귀를 기울여 보니 아직 내가 다다르지 못한 저쪽 편에서 나는 소리였다. 소리가 나는 곳을 향해 더 부지런히 팠다. 뭐가 있을까? 파고들어 간 곳엔 또 다른 길이 나오고 거기에 한 사람이 있었다.

'여기서 사람을 만나다니!'

그는 내가 보는 것도 의식하지 못한 채 두리번거리며 계속 파내려가고 있었다. 옷차림이 상당히 독특했다. 옛 선비의 비단옷인 듯하면서 정원사의 작업복 같기도 했다.

'멋진데? 저 사람도 뭘 찾고 있나?'

찾는 것이 나와 같다면 좋은 친구가 되겠다 싶어 말을 걸 기회를 보며 그 사람을 살폈다. 가만 보니 뭔가를 묻고 마무리를 하는 것 같았다. 이 깊은 곳까지 와서 뭘 묻는 거지? 난 갑자기 등골이 오싹해져 뒤로 살살 물러섰다. 자신의 일을 마친 그 사람은 파 놓은 길을 따라 어디론가 아주 빠른 속도로 걸어가기 시작했다.

'따라가!'

내 심장이 뇌에게 시켰다. 이런 습관으로 지금까지 변변하게 돈도 못 벌고 있지만 이번에도 머리가 아니라 심장이 시키는 대로 내 길을 파던 일을 멈추고 그 사람을 따라가는 길을 택했다.

'이 선택이 내 인생의 샛길인지 큰길인지 더 가 보면 알겠지.'

그의 길은 나의 길과 격이 달랐다. 그 사람의 길은 풍부한 공간감으로 공기도 쾌적하고 편평해서 걷기도 편했다. 몇 걸음 걷다 보니 또 다른 사람들이 파고든 길이 이 길에 연결된 지점이 나타났다. 시냇물과 같은 수많은 지류가 큰 줄기의 강에서 만나는 것 같은 형국이었다.

'나만 파고 있던 게 아니었다니⋯.'

내가 파던 길에 합류하던 사람이 한 명도 없었다는 건 아직 내 길의 너비와 길이는 다른 이의 길과 교차점이 생길 정도는 아니었나 보다. 나는 그저 빨리 파고드는 데만 집중해서 나 혼자만 겨우 걸을 수 있는 길을 팠다면 좀 전에 본 그 사람의 길은 깊고 넓은 것은 물론 가는 길 틈틈이 식물이 있어 숨쉬기가 편했다. 갓 터진 싹이 보이는 곳도 있고 언젠가 크게 성장할 묘목도 있었다. 가능성을 품은 길은 아름다웠다. 길을 구경하면서도 언제라도 파 들어간 길로 거꾸로 돌아 나올 수 있도록 붉은 실을 곳곳에 심어둘 정신은 잘 차리고 있었다.

'나의 붉은 실이 또 다른 쓰레기가 되는 걸까? 혹시 내가 본 쓰레기들도 이 길을 다시 빠져나오기 위해 누군가가 심어 놓은 걸까? 나는 또 누굴 만날까?'

이런저런 생각을 하며 조심조심 길을 따라 걷다 보니 그 사람이 온 길의 시작이라 짐작되는 곳으로 빠져나오게 됐다. 광활하고 평온한 정원이 사방으로 펼쳐졌다. 내가 살던 세상과는 약간 다른 묘한 분위기가 느껴졌다.

'어! 여기! 설마 비밀의 정원인가?'

까맣게 잊고 있었던 그곳. 어릴 적 동화 전집 중에 유일하게 읽었던 책 속의 정원. 자신만 아는 신비스런 모험을 하는 주인공을 부러워했었다. 그런데 설마 새삼스럽게 어른이 돼서 도착한 건가? 지금은 한가하게 이런 환상에 빠질 여유가 없는데 말이다. 걸음을 멈췄다. 여기 오게 된 건 선물 같지만 마음의 준비를 하지 못한 상태에서 냉큼 받기는 망설여졌다. 이 세상에 진입하면 다시 나오지 못할 수도 있다는 생각이 내 걸음을 잡았다. 하지만 이런 환상적인 곳을 두고 바로 돌아 나가고 싶지는 않았다. 지금 이 길을 파고든 목적만 잊지 말자며 붉은 실을 다잡은 후 좀 더 깊은 곳으로 들어가기로 했다. 눈을 크게 뜬 채 아직은 정체를 파악할 수 없는 공간에 조심스럽게 들어섰다. 발에 닿는 맨땅이 폭신폭신 쫀득쫀득했다.

"공기가 너무 좋군."

계속 걷다 보니 내가 읽은 이야기 속 정원과 꼭 같은 모양은 아니었다. 하지만 그런 건 중요하지 않았다.

✦

상당히 큰 규모의 정원은 숲으로 둘러싸여 있었다. 황홀한 빛이 아른거리는 안개가 나타났고 잠시 뒤 장막이 걷히면서 강이 보였다. 물빛이 눈부셨다.

'오! 강도 있네? 강을 따라 걸어 볼까?'

나는 강을 따라 걸었다. 강가에서 노닐던 새는 나를 흘끔 보더니 다시 자신의 일상으로 돌아섰다. 강을 따라 얼마간 걸으니 건물들이 모여 있는 단지가 나타났다.

'오! 정원 안에 이런 거대한 단지가 있네?'

단지는 강의 한쪽에 끝없이 펼쳐졌다. 이쯤 되면 정원이 아니라 도시다.

'그나저나 그 사람은 도대체 어디로 간 거야?'

정원이 생각보다 넓어 아까 본 사람을 찾는 건 어렵겠다는 생각이 들었다.

'못 찾으면 어쩔 수 없고 이왕 이런 곳에 들어섰으니 구경이나 하자.'

내가 들어선 단지 입구 근처에는 정육면체 모양의 단층집들이 소리의 독립을 지킬 수 있는 간격으로 놓여 있었다. 다닥다닥 붙어 있는 도시의 집들과는 사뭇 다른 풍경이었다. 공기의 흐름에도 여유가 느껴졌다.

'생각한 것보다 너무 많이 와 버렸나? 이젠 그만 나의 길로 돌아갈까?'

걸으면서도 마음엔 계속 갈등이 생겼다. 엉뚱한 곳에서 시간을 낭비하는 것은 아닐까 하는 생각이 다시 올라왔지만 내 심장은 여전히 더 가 볼 것을 명령했다.

'이 정원엔 끝이 있을까? 이곳의 주인은 누구일까?'

정원은 아주 넓고 모던했다. 깔끔한 단색을 입은 집들이 마음에 들었다. 어찌 보면 어릴 적 갖고 놀던 블록 같았다. 집들을 좀 더 가까이 볼 수 있는 길로 향했다. 각 집은 소박하지만 개성이 듬뿍 담긴 정원을 품고 있었다. 길가에 있는 정원수조차 먼지에 덮여 뿌연 것 하나 없이 반짝반짝 윤이 났다. 한결같이 정갈한 정원을 유지하기 위해서는 매우 부지런해야 함을 알기에 이 단지 주민으로 살긴 어렵겠다는 생각이 들었다. 난 선인장도 말려 죽였던 사람이니까.

대문에는 문패가 있었다.

"헤르만 헤세? 이 집에 사는 사람 이름이 헤르만 헤세라고?"

다시 한번 집을 흘끔 들여다봤다. 별명이겠지. 다음 집으로 향했다.

"제임스 매튜 배리? 이 집 주인은 《피터 팬》 작가고?"

이쯤 되니 이 단지의 명패가 모두 궁금해졌다.

"로버트 루이스 스티븐슨은《보물섬》작가인데…."

빠른 속도로 이 집 저 집을 둘러보고 각 집의 대문에 적힌 이름들을 나열해 봤다. 헤르만 헤세, 로버트 루이스 스티븐슨, 제임스 매튜 배리, 연암 박지원, 김영, 김상미, 카를 멩거 등 각 분야 작가의 이름이었다. 하지만 살았던 시대도 나라도 달랐던 사람들이 한곳에 있다는 건 말이 안 되기에 진짜 그 작가들이 사는 곳이 아니라 그저 이 단지 주민들의 수준 높은 위트라 생각했다. 문학과 예술, 수학, 철학 등을 사랑하는 공동체쯤 되려나? 아까 놓친 그 사람도 궁금했지만 이 단지도 궁금해졌다. 나의 호기심이 눈덩이처럼 커질 조짐이 보였다. 아무래도 이곳에 생각보다 더 오래 머물 것 같았다. 이리저리 정원을 거닐며 아까 봤던 사람을 찾던 중 저 앞에 몇 사람이 띄엄띄엄 걸어가는 게 보였다.

"오! 드디어 사람들이 나타나는 건가?"

평소엔 누구랑 부대끼는 건 딱 질색이었는데 혼자만은 아니라는 사실이 좋을 때도 있다니. 앞서가는 사람들을 살폈다. 멀리 보이는 뒷모습만으로도 그들의 나이를 유추할 수 있었다. 지팡이를 짚은 노인, 휠체어를 탄 아이, 무리 지어 가는 아이들 그리고 해적, 요리사, 개성 있는 옷차림을 한 사람들. 다들 각자의 속도로 어디론가 걸어갔다.

'나처럼 강을 따라 걷는 건가?'

혹시 그들이 향하는 곳에 내가 찾는 그 사람도 있지 않을까? 사람들의 무리를 따라가 보기로 했다. 들어서면 들어설수록 묘한 곳이었다.

✦

사람들의 무리를 뒤따른 지 얼마쯤 지났을까? 태양이 막 떠오를 때처럼 주변이 서서히 환해졌다. 빛의 세기가 점점 강해지더니 급기야 눈을 온전히 뜰 수 없었다. 눈을 감았다가 서서히 뜨며 눈이 빛에 적응하게 했다. 실눈을 서서히 뜨면서 보니 좀 전과는 다른 정육면체 건물이 나타났다. 정사각형 모양의 구멍이 뿡뿡 뚫린 3층짜리 건물이었다. 1층 8개, 2층 4개, 3층 8개의 정육면체로 이루어진 구조로 꼭대기엔 삐죽이 올라온 나무가 보였다. 마치 큰 화분 안에 담긴 화초의 모습 같았다. 3층짜리 건물들은 오색찬란한 빛을 화려하게 뿜고 있었다.

"세상에 있는 모든 색이 있는 것 같군!"

눈이 부셨다. '나 좀 봐 주세요!'라고 외치는 듯 절정의 태양 빛을 모아 고스란히 반사해 내는 에너지가 느껴졌다. 보석함에 들어온 것처럼 반짝반짝 빛나는 색채 속을 걷기 시작했다.

'너무 아름답다. 환상적이야.'

잠시 건물에 팔렸던 정신을 차려 보니 내가 쫓던 사람들이 보이지 않았다. 다들 어디로 간 걸까? 이 건물로 들어간 걸까? 아니면 좀 더 걸어서 다른 곳으로 간 걸까? 나의 호기심은 점점 커져 갔다. 이 호기심 덩어리를 어디까지 키워야 하나? 그만두고 돌아 가야 하나? 또 멈칫했지만 여전히 내 심장은 또 그냥 가 보라고 말했다. 건물이 내뿜는 색에 취해 이리저리 거닐다가 평소 내가 좋아하는 깊고 영롱한 푸른색의 건물 앞에 멈춰 섰다. 가까이서 보니 건물의 외벽엔 크기와 모양이 다양한 유리 조각들이 모자이 크 형식으로 자유롭게 붙어 있었는데 같은 톤의 조각들이 어울 려 마치 하나의 색처럼 보였다. 움직이는 유리 조각 장식에 바람 이 부딪힐 땐 '띠리링' 영롱한 소리도 났다. 건물 소개가 적힌 현 판을 읽었다. 아까 봤던 그 사람의 의상에서도 느꼈지만 이곳은 동서양의 디자인 양식이 절묘하게 조화를 이루었다. 현판엔 '표 롱각'이란 글씨가 예스럽게 새겨져 있었다. 그리고 아래에는 깨알 같은 글씨로 번호, 사람 이름, 건물이 색을 입은 과정이 쓰여 있 었다. 잘은 몰라도 건물 외벽의 유리 조각은 꽤 오랜 시간에 걸쳐 하나씩 붙인 듯했다.

'표롱각? 무슨 뜻이지?'

단어를 보면 뜻을 먼저 살피는 습관으로 몇 번을 유추해 보았 지만 알 수는 없었다.

'이 유리 조각을 하나하나 다 붙인 건가?'

건물 벽의 유리를 조심히 만지던 그때, 조각 두 개가 투두둑 떨 어졌다.

'어이쿠!'

주변을 살폈다. 잘못을 하면 왜 본능적으로 주변을 살피게 되는 걸까?

'내가 일부러 그런 건 아니에요.'

겁이 난 마음에 유리 조각을 들어 원래 있던 곳에 끼우려 봤더니 조각이 떨어져 나온 곳엔 211255255, 193242255란 숫자가 적혀 있었다.

'이건 또 뭐지?'

궁금한 것투성이였다. 화장실을 수리할 때 해당 위치에 어떤 타일을 붙여야 하는지 메모한 흔적을 본 적이 있는데 아마도 그와 비슷한 것이라 추측했다. 그저 무심하게 붙여 놓은 유리 조각 같지만 어쩌면 매우 정교하고 치밀한 계산 끝에 이뤄진 조화로운 아름다움일 거란 짐작이 갔다. 유리 조각을 살포시 끼워 넣었다. 다행히 서로 맞물리면서 접착제가 없어도 고정이 되었다.

다시 건물 전체로 시선을 돌렸다. 독특한 건물 안에서 밖을 보는 광경은 또 어떨까 하는 설렘을 갖고 건물 안으로 들어섰다. 소리 내어 노크를 하고 문으로 들어섰다.

'와! 건물 안도 맘에 드네!'

건물 안에서 가장 시선을 끈 건 마당이었다. 1층부터 3층까지 뚫린 공간에서 나무가 자라고 있었다. 밖에선 꼭대기만 삐죽이 보여 몰랐는데 생각한 것보다 크고 잎이 무성했다. 건물의 천정이 트여 있긴 해도 나무 입장에서 생각하면 매우 답답한 모양새였다. 옮겨야 되지 않나? 고개를 서서히 들며 나무를 살폈다. 나무의 뿌리는 땅속에 박혀 있지 않고 곧 이동할 사람의 다리처럼 밖으로 돌출되어 있었다. 줄기에는 대나무처럼 마디가 있었는데 3개 정도의 마디는 간격이 길었으며 천정 근처에 있는 맨 윗부분은 다른 마디 사이에 비해 길이가 짧았다. 마디마다 뻗어 나간 가지엔 네모난 열매가 달렸는데 그 모습이 꼭 책을 매달아 놓은 것처럼 보였다. 나무의 마디는 색이 서로 달랐는데 공교롭게도 건물 각 층의 색과 대응을 이루었다. 열매의 색깔도 마디마다 각기 달랐다.

'한 나무에 서로 다른 열매가 달리는 경우도 있나? 설마 각 층의 도색 작업을 하면서 나무도 같이 칠한 건 아니겠지?'

엉뚱한 상상을 했다. 인상적인 나무에 한참 붙잡혔던 시선을 건물로 돌렸다. 먼저 내 발이 딛고 있는 바닥은 세 장의 꽃잎으로 이루어진 꽃을 형상화한 문양으로 가득 차 있었다. 꽃잎 문양의 색은 나무의 겉으로 드러난 뿌리 색과 같은데 건물 외벽처럼 푸른 계열이었다. 어쩌면 바닥부터 올라오는 이 색이 이 건물을 물들인 건 아닐까? 건물 안에 들어가서 보니 그런 생각이 들었다. 나무가 있던 마당에서 한참 구경 후 1층에 있는 방으로 들어섰다. 나에겐 이 방의 색감이 먼저 와닿았는데 나무의 가장 아래 마디와 같은 색이었다. 공간의 색을 만드는 건 책장에 빼곡하게 꽂힌 책들의 표지였다. 여기에 있다 보면 나도 그 색에 물들 것 같았다.

책들의 면면을 보니 이 공간의 주인은 상당한 애서가이자 사색가임에 틀림없었다. 책 하나하나가 주는 무게감이 상당하여 팔랑팔랑 가벼운 내 존재가 눌리는 기분이었다. 공간을 걸으면 걸을수록 숙연해졌다. 1층을 다 돌고 올라간 2층은 예상대로 나무의 두 번째 마디에 해당하는 색이 가득했다.

2층엔 1층과 달리 책으로 채워진 방과 방 사이마다 작은 화단들이 있었다. 뭔가를 심기 위해 흙을 갈아 놓은 화단도 있고 싹이 막 올라온 화단과 어느 정도 자란 묘목이 있는 화단도 있었다. 각 화단에서는 건물 밖을 내다볼 수 있는데 네 방향에서 보이는 모습이 서로 다르니 그 또한 색다른 구경거리였다. 구멍 뚫린 정육면체 건물 자체는 푸른색을 띠지만 건물 안 어느 쪽에서나 다채로운 색의 다른 건물을 볼 수 있어 안과 밖을 모두 품는 형상이었다.

3층은 예상대로 나무의 세 번째 마디와 색을 가진 책들로 가득 차 있었다. 책을 보면 취향을 알 수 있는데 층이 높아짐에 따라 생각이 성숙해지는 과정이 고스란히 담겨 있었다. 나이가 들고 경험이 늘고 배움이 깊어짐에 따라 생각이 숙성되는 과정을 보는 것 같았다. 혹시 저 나무는 시간이 지남에 따라 깊어지는 이 공간의 주인이 가진 생각을 나타낸 것이 아닐까? 어쩌면 밖에서 보이는 건물 색은 뿌리부터 올라오는 색을 바탕으로 각 층에 꽂혀 있는 책에 담긴 생각을 녹여 숙성된 결과가 자연스럽게 발현된 것이 아닐까? 안과 밖이 연결된 정육면체 건물은 마치 개성 있는 인격체로 성장하는 사람의 생각을 담은 공간 같았다.

"내가 너무 진지하게 몰입했나?"

허우적거리며 감상에서 빠져나오려는 찰나 문 밖에서 소리가 났다.

"어이구. 이걸 또 누가 이렇게 엉터리로 끼워 놨어? 잠시라도 살피지 않으면 꼭 이렇다니까."

순간 난 내가 끼워 놓은 유리 조각이 떠올랐다. 지금 나갔다가는 '내가 그랬어요'라고 쓰여 있는 내 얼굴을 들킬 것 같아 인기척이 사라지기만 기다렸다.

"이쪽이 좀 더 녹색이 가미된 색이니 211255255고 이곳은 붉은색과 녹색이 약하니 193242255지. 이 건물을 꾸미려고 땅을 파고 파서 모아 온 유리 조각들인데 하나도 소홀히 할 수 없지."

밖에 있는 사람은 내가 망가뜨린 부분을 정성껏 보수했다.

'조각의 위치를 어떻게 다 알지?'

궁금했지만 나서지 않았다. 겁이 났다.

'망가뜨려 미안해요.'

그래도 양심은 찔려 소심하게 속으로 사과했다. 다행히 들키진 않았다.

"나무가 건물 밖에서도 보이니 이제 이 건물도 1구역으로 옮길 때가 된 것 같군. 오래 걸렸지만 당신의 생각은 세상을 많이 밝혔어요. 고생했어요."

그 사람은 건물 현판 앞에서 뭔가 감회가 남다른 듯 혼잣말을 계속 중얼거렸다.

'누구한테 하는 소리야?'

난 조용히 듣기만 했다.

"이제 또 다른 건물을 살피러 가 볼까."

밖에선 사그락사그락 쇠와 쇠가 스치는 소리가 났다. 뭔가를 챙기고 자리를 뜨는 것 같았다. 귀를 쫑긋 세워 발자국 소리가 서서히 멀어지기만을 기다렸다가 천천히 건물 밖으로 고개를 내밀었다. 저쪽으로 누군가 수레를 끌며 걸어가는 뒷모습이 보였다.

'어? 저 사람. 내가 아까 찾던 사람이잖아!'

워낙에 특이한 옷을 입어서 기억했다. 구석진 곳에서 뭔가를 파묻길래 무서운 사람인 줄 알았는데 어쩌면 이 동네 관리인쯤 되나 보다. 아까 그곳에도 건물 보수에 필요한 유리 조각을 찾으러 갔던 걸까? 아름다운 건물에 홀려 이곳에 온 이유를 잠시 잊었던 난 다시 그를 뒤쫓기 시작했다. 그는 걸음이 정말 빨랐다. 달리기로 말하면 나도 빠지지 않는데 그 사람은 거의 순간 이동을 하는 수준이었다. 놓칠세라 내 한계를 넘는 속도로 따라갔더니 숨이 차올랐다. 잠깐 멈춰 건물 벽에 손을 대고 숨을 고른 후 고개를 들었다. 그런데 아뿔싸. 그는 또 사라지고 없었다.

"또 놓쳤네. 어디로 간 거야."

그를 쫓아 급하게 도착한 곳에는 아직 외벽이 마감되지 않은 콘크리트 상태의 3층 정육면체 건물들이 즐비했다. 그곳엔 아직 현판이 걸려 있지 않았다. 나는 주변을 두리번거리다 직관에 의지하여 비단옷을 입은 사람이 들어갔을 법한 건물로 들어섰다. 그 안엔 내 무릎 높이의 나무가 있었다. 좀 전에 본 거대한 나무에 비하면 아주 작은 묘목이었다.

"뭐야. 여긴 아직 꼬맹이 나무네. 그럼 아까 그 나무도 이만큼에서 시작해서 그렇게 자랐나?"

그러고 보니 1층도 칠하다 만 듯했다.

"공사 중이군!"

너무 화려하고 완벽한 건물을 보고 난 후라 이곳은 특별히 구경할 것이 없어 보였다. 그래도 1층부터 살폈다. 방의 벽을 돌아가며 책장이 빼곡히 놓였고 간간이 책이 꽂혀 있었다. 책이 차지한 공간보다 비어 있는 공간이 더 많아 책보다 책장이 더 눈에 들어왔다. 이 정도의 책장을 갖게 된다면 책을 둘 공간 걱정도 안 할 텐데. 부러웠다.

'이 공간의 주인은 어떤 취향을 가졌을까?'

두루 살폈다. 책이 듬성듬성 꽂혀 있었는데 한때 내가 관심을 가졌던 분야의 책이 유독 많았다. 내 좁은 방의 책장을 확대해 놓은 것 같았다.

'이곳 주인은 나랑 취향이 상당히 비슷하군.'

늘 보던 책들을 다른 이의 책장에서 보게 되니 반가웠다. 꾸준히 책을 채워 주길 속으로 바라며 2층으로 올라갔다. 2층엔 아직 별다른 것이 보이지 않았다. 다만 뭔가를 심을 준비를 해 둔 모양새였다. 정갈하게 갈아 놓은 흙과 화단 관리에 필요한 도구들이 가지런히 정리되어 있었다. 난 건물 밖이 보이는 2층 공간에 서서 주변을 살피고 마당에 심어진 꼬맹이 나무를 내려다봤다. 거대한 나무를 본 후라 내 발아래 꼭대기가 보이는 나무가 앙증맞게 보였다.

'무럭무럭 자라서 천장을 넘으렴.'

나무에게 혼잣말을 하는 그때 어디서 흥얼거리는 소리가 들렸다. 사람들을 홀린 세이렌의 노래 소리가 이랬을까? 한 번도 들어본 적 없는 높고 가느다란 소리. 가만 들어보니 시를 노래처럼 흥얼거리는 듯했다. 난 그 소리에 사로잡혔다.

내가 주는 물을 마시고

책이 싹을 틔워

이야기 열매를 맺으면

그 열매를 다시 물에 담가요

물의 양과 우려내는 정도에 따라
열매가 풀어낸 이야기의 맛이 달라져요

물이 적으면 쓰디쓴 이야기가 되고
시간이 적으면 맹맹한 이야기가 되고

넉넉한 양의 뜨거운 물에 막 담긴 이야기는
처음엔 진하다가 서서히 옅어지겠죠
입에 대지 못하게 뜨거웠던 물이
마시기 적당하게 식을 때
우려낸 이야기를 음미해 주세요

이런 멋쟁이는 누구야. 소리가 나는 곳은 2층 건너편 화단이었는데 거기에 한 사람이 보였다. 바로 비단옷을 입은 그 사람이었다.

'여기 들어온 게 맞았군! 비단옷에 시를 흥얼거리는 사람이라…. 차림새만 멋진 게 아니군. 볼수록 매력 있는 사람이야.'

나의 눈썰미와 예감에 스스로 감탄하며 또 놓칠 순 없다는 각오로 조용히, 그렇지만 빠르게 그에게 가까이 다가갔다. 처음 만났을 때도 느꼈지만 그 사람은 집중력이 매우 좋거나 귀가 잘 들리지 않는 것 같았다. 내가 꽤 가까이 갔음에도 여전히 나를 의식하지 못했다. 그는 2층 빈 공간에 마련된 잘 갈아 놓은 화단에 뭔가를 심고 있었다. 행동 하나하나가 정성스럽기까지 했다.

뭘까 하고 들여다보던 난 아연실색했다. 그가 심는 것은 놀랍게도 책이었다. 그는 책을 묻고 흙을 덮은 후 물뿌리개에 담아 둔 물을 골고루 뿌렸다.

'책을 땅에 왜 묻어?'

난 화들짝 놀라 정신이 맑아졌다.

'처음 만났을 때도 놀라게 하더니 이 사람 나를 여러 번 놀라게 하네.'

괜히 피곤하게 엮이기 싫어 그냥 피해 갈 생각으로 또 뒤로 물러서려는데 그가 묻는 책이 눈에 들어왔다.

'어디서 많이 본 건데….'

서서히 동공을 키우고 들여다보던 난 뒷골을 강하게 내리치는 충격을 받았다. 그것은 바로 내 책들이었다.

'맙소사! 저 미친놈!'

아무리 대중들에게 인기를 얻지 못했다 하더라도 내 책이 이렇게 홀대를 받는 걸 보니 순간 화가 울컥 치밀어 올랐다. 그때부터 난 정신 줄을 놓았다.

"여보세요! 지금 뭐 하는 거요?"

겁이 나 뒤로 물러섰던 나는 앞으로 박차고 나가 소리를 질렀다. 그는 갑작스런 나의 개입에도 전혀 동요하지 않았다. 그는 주머니에 있던 뭔가를 귀에 가져갔다. 그리고 내 눈을 흘끔 보더니 물을 마저 뿌렸다. 그는 시종일관 차분했다. 난 무시당한 기분이 들었다.

"맘에 안 들면 읽지 않으면 되지. 도대체 책들을 왜 땅에 묻는 거요?"

나는 그에게서 물뿌리개를 뺏어 던졌다. 이런 상황에서도 내가 왜 이리 흥분하는지 전혀 모르겠다는 표정을 한 그 사람을 보니 화가 더 솟구쳤다. 충격으로 손이 벌벌 떨렸다. 어떻게 쓴 책인데…. 밥이나 빵을 찾기는커녕 내 책이 묻히고 있는 상황을 보게 되니 무안함과 화가 눈물로 쏟아졌다.

'뭐야. 그런데 왜 눈물이 나는 거지? 내가 좋아서 한 거지 누구의 인정을 받고 싶어 한 것은 아니었잖아.'

남이 내 책을 홀대하는 것에 자꾸 왜 눈물이 나는지 변명할 수 없었다. 아니 이유는 알지만 자존심에 내색하고 싶지 않았다. 좀 더 솔직해져 볼까? 대중의 반응에 내 자존감이 상처를 받은 건 맞다. 출세의 문제가 아니라 내가 선택한 길에 대한 응원 정도는 당연히 받을 거라 생각했었기 때문이었다. 하지만 대중의 싸늘한 반응에 처음으로 난 내가 하고 싶었던 일을 한 것이 인생의 최선이었는지 회의가 들었다. 무모함을 신념이라 착각했던 것은 아닌지, 반항이라 쓰고 열정으로 잘못 읽은 건 아닌지. 내가 선택했기에 핑계 댈 곳도 없고, 그 선택에 따라온 책임이 뒤늦게 나를 짓

눌렀다. 어쩌면 결국 난 울 곳을 찾아 이 길로 들어온 건지도 모르겠다. 책을 파 내다 말고 눈물을 훔쳤다.

'생판 모르는 미친 사람 앞에서 이 무슨 추한 꼴이람. 애초에 오기를 부린 것이 잘못이지. 여기로 파고들지 말았어야 했어. 남이 묻은 내 책을 파 내려고 여기까지 온 건가?'

내 자존감은 내가 파고 온 깊이보다 더 깊은 곳까지 파고들었다. 바닥부터 휘저어진 감정이 좀처럼 가라앉지 않았다. 그런데 그 사람은 여전히 어떤 반응도 보이지 않았다. 나만 미친 사람이 되는 형국이었다. 어느 정도 시간이 흐른 후 혼자 팔딱팔딱 뛰다 지친 건지 아니면 이성이 돌아온 건지 난 다시 얌전해졌다. 옆에서 물끄러미 날 지켜보던 그 사람이 입을 열었다.

"이제 제가 말 좀 해도 될까요?"

그는 먼저 점잖게 나에게 양해를 구하더니 말 같지도 않은 소리를 시작했다.

"이 책은 제가 아주 재밌게 읽었어요. 그래서 심는 거예요. 잘 키워 보려고요."

냉정한 눈빛을 담아 그 사람을 쏘아보려던 그때 미처 파 내지 못한 흙 속의 내 책에서 '툭' 소리가 나더니 싹이 '쏙' 하고 올라왔다. 그리고 아까는 키가 내 무릎 높이 정도였던 꼬맹이 나무는 1층 높이를 넘을 만큼 자랐다. 눈앞에서 벌어진 거짓말 같은 상황에 말문이 막혔다. 얼이 나간 나를 보며 그가 말했다.

"싹이 텄군요. 이제 시작이죠. 이 책을 읽은 사람들이 생각의 싹을 틔우는 거예요. 어디 그뿐일까요? 이 책을 쓴 작가의 생각이 깊어지면 저기 꼬맹이였던 나무의 키도 점점 자라게 돼요."

황당한 말에 그를 째려봤다.

"저 나무는 작가의 성장 정도를 나타내요."

'뭐야. 그건 좀 전에 화려한 정육면체 건물들을 보며 허우적대던 내 생각과 같은데.'

그는 계속해서 말했다.

"색은 어떻고요. 지금은 꼬맹이 나무의 뿌리가 연보랏빛을 띠고 있지만 점점 뚜렷해지면서 1층을 물들이고 2층을 물들이고 3층을 물들여 건물 밖에서 보면 기존에 없던 색을 이 세상에 입히게 되겠죠. 생각만 해도 황홀하네요."

그는 아직 공사 중인 것 같은 이 건물을 기대에 찬 눈빛으로 바라봤다. 그 눈빛은 진지했다.

'뭐지? 저 진지함은?'

나도 모르게 그의 눈빛에 설득될 뻔했다.

'아니지. 원래 미친 사람은 진지해 보여.'

하지만 보면 볼수록 그 사람의 행동 하나하나에 진심이 묻어났다.

'아냐. 사람 쉽게 믿지 말자.'

여러 생각이 부대꼈다.

"도대체 여기는 뭐 하는 곳이죠?"

나는 그가 미쳤을 수도 있다는 생각을 바탕에 깔고 단호하게 물었다.

"제가 심는 책 작가의 생각 서재예요."

"생각 서재요? 그게 뭐죠?"

"음, 서재가 종이로 만든 책을 모아 두는 곳이라면 이곳엔 작가의 생각을 저장한다고 보면 돼요. 지하엔 무의식의 공간도 있어요."

"무의식의 공간?"

나는 그 사람의 설명을 따라잡기 위한 경로를 찾지 못했다.

"수많은 순간이 모여 사람의 생각을 이루잖아요. 거기엔 우리가 의식하는 부분도 있지만 그렇지 못한 부문도 있죠. 의식의 밑바탕을 이루는 공간이에요. 그곳의 영양분이 뿌리로 전해집니다. 보통은 뿌리의 색이 진해지면서 건물 색이 되기도 하지만 뿌리와 전혀 상반된 색이 될 때도 있어요."

'그러니까 이곳은 작가의 생각에 관련된 모든 자료를 눈에 보이게 만든 곳이란 말인데, 내가 파고들다 파고들다 내 생각을 모아 둔 곳까지 들어온 건가?'

나는 생각의 회로를 계속 돌렸다. 잠깐은 미쳤다고 여겼던 그에게 반쯤 설득돼 가고 있었다.

"여기는 이런 생각 서재가 들어선 정원이죠."

"생각 서재가 들어선 정원이라…. 뭔가 비밀스런 공간에 들어온 것 같네요. 그러고 보니 여기 처음 발을 디뎠을 때 어릴 적 책을 읽으며 혼자 상상했던 '비밀의 정원'이 떠오르긴 했어요."

나도 모르게 대꾸했다.

"맞아요. 우리는 모두 한 번쯤 이런 곳을 상상하죠. 저도 파고 파고 파면서 제 생각 서재를 만들며 나만의 정원을 가꿨어요. 정원은 서서히 커져 갔고 그러다 보니 다른 사람이 지어 놓은 생각 서재와 맞닿는 지점이 생기더군요. 결국 어떤 분야든 파고 파다 보면 만나게 된다는 걸 알았죠. 그런데 끝까지 관리가 되지 않은 생각 서재들이 많았어요. 가만두니 제 정원의 경관도 망치더라고요. 안되겠다 싶어 이곳까지 닿은 사람들의 생각 서재를 관리하기 시작했죠. 다른 사람의 생각 서재를 관리하는 것이 결국 제 정원을 잘 가꾸는 일이 된 거예요. 이곳에 닿은 사람들은 문학, 예술, 건축, 미술, 요리, 투자 등등 어떤 방면이든 책을 쓴 작가들입니다."

비단옷을 입은 정원사는 지나간 일을 모두 말할 참인지 한참을 떠들었다. 그를 불신했던 나였지만 서서히 그의 말에 귀를 기울이고 있었다.

"현실에 에너지를 쏟다 보면 자신의 생각 서재를 가꾸는 것을 소홀히 하게 되고 또 어른이 되면 여기로 통하는 틈이 막혀 못 오는 사람들이 대부분인데 당신은 용케도 여기까지 닿았네요."

정원사가 말했다. 그때, 틈을 만들어 파고 파며 고군분투하던 시간이 스쳐 갔다. 아! 또 눈물 날라.

"알고 보면 그 고군분투한 시간이 당신의 생각 서재를 만든 거예요."

'뭐야. 내가 자기가 묻던 책의 작가인 걸 알았던 거야?'

삼장법사 손바닥 위의 손오공이 된 기분이었다. 눈으로 보면서도 여전히 믿기진 않았지만, 생각 서재를 보니 대가들만큼은 아니어도 나름대로 무에서 유를 일군 것 같아 실패한 책으로 바닥난 자존감이 조금 회복되는 듯했다. 자존심이 더 무너져 내리지 않도록 단단히 무장한 껍질이 사르르 녹고 심장이 울컥 움직였다. 이런 변덕쟁이 같으니라고.

"내 생각 서재는 아직 많이 부족하군요."

공사 중인 듯한 내 생각 서재를 바라보며 말했다.

"누구에게나 어설픈 처음은 있잖아요? 하지만 그 어설픔에 많은 가능성이 담긴 것도 사실이죠. 숙성하는 데는 세월이 필요하니까요."

정원사가 말했다.

"저는 누구든 자기 색을 내기 위해 열심히 궁리하고 노력하는 사람의 색이 더 찬란하게 빛나도록 도와주고 아무것도 하지 않는 사람의 서재는 과감히 정리합니다."

정원사의 얼굴에 소신이 가득했다.

"참! 이곳에 걸려고 가져온 따끈따끈한 현판을 한번 볼래요?"

정원사는 들고 있던 현판을 보여 줬다. 거기엔 아까 봤던 표롱각이란 글씨와 번호, 그리고 내 이름이 적혀 있었다.

"생각 서재의 이름이 표롱각인가요?"

"그렇습니다. 이곳은 표롱각들이 모여 있는 표롱각 구역이고요. 크게 1, 2구역으로 나뉘어 있고 여긴 표롱각 2구역이에요."

"표롱각은 무슨 뜻이죠?"

"돌을 깎아 갈고 갈아 구슬을 만드는 노력이라는 뜻의 '표묘롱지'라는 말에서 따왔어요. 이름 예쁘죠? 표롱 표롱 표롱각. 새소리 같기도 하고요."

정원사는 아름다운 목소리로 표롱각을 여러 번 되뇌었다. 그러고 보니 새소리 같기도 했다. 나도 따라 읊었다. 여러 번 부르니 입에 착 붙었다.

이곳이 내 생각 서재라는 건 이미 알아차렸으면서도 내 이름이 적힌 현판을 보니 기분이 또 새로웠다. 가슴이 쿵쿵거렸다. 내 눈은 한동안 현판에 머물렀다.

"그 옆에 번호는 이곳에 들어선 작가들의 생각 서재의 수예요. 당신도 여기를 파고 파고 파다가 닿았겠지만 파고 파고 파는 거라면 아마 내가 선배일 겁니다."

"아! 그렇군요. 선배님. 만나서 영광입니다. 그럼 선배님의 표롱각이 1호인가요?"

나는 물었다.

"아뇨. 1호는 제 스승님의 표롱각입니다."

나의 번호를 보니 이 공간에 들어선 사람들의 생각 서재가 얼마나 많은지 미루어 짐작할 수 있었다.

"제가 아무리 관리를 잘한다 해도 당신의 공간이 어떤 빛을 낼지 또는 공사 중으로 머물다 사라지게 될지는 모두 당신에게 달렸어요. 실제로 개설되었다가 거미줄이 생기고 폐가가 되는 경우도 적진 않답니다. 그걸 치우는 것도 모두 제 몫이죠. 당신의 서재는 치우지 않게 해 주세요."

정원사의 말에는 간절함이 있었다. 그의 얼굴을 보니 나도 덩달아 결연해졌다. 울고불고 절망하던 나는 더 이상 없었다. 쉽게 받아들일 수 없는 상황이긴 했지만 잠시나마 상대방을 미친 사람 취급한 게 미안했다. 정원사는 그 모든 것을 이해한다는 옅은 미소를 내게 보였다. 반가사유상의 미소. 착하고 깨끗한 미소. 내 생각 서재를 보며 환희에 찬 그에게 내가 해 줄 수 있는 답은 하나였다.

"세상에 없는 색으로 만들게요."

새로운 다짐과 열정이 내 마음을 채웠다.

"그걸 꾸며 줄 유리 조각은 있을까요?"

마음의 여유를 조금 찾은 내가 물었다.

"걱정 마세요. 그건 제가 전문가입니다. 이미 모아 놓은 것도 얼마나 많은데요. 설사 없다 한들 이 도구만 있으면 충분합니다."

정원사는 땅을 팔 수 있는 삽과 괭이를 보여 줬다.

"이곳으로 올 사람을 위한 길을 내기 위해 땅을 팔 때마다 무수히 많은 유리 조각이 나온답니다. 사실 그 유리 조각은 누군가가 이루지 못하고 깨진 꿈의 조각들이에요."

"깨진 꿈 조각이라고요? 깨진 조각들이 그렇게 찬란한 빛을 내나요?"

난 뒤통수를 또 한 번 맞은 듯했다.

"정교하게 만든 유리 공예인 줄 알았어요."

내가 말했다.

"모든 꿈은 정교하게 가꿔지죠. 깨졌다고 흉하지 않아요. 이루려고 애썼던 순간만큼 아름다운 게 없지요. 깨진 유리 조각에 비친 자신을 본 적 있어요? 깨지기 전에도 나를 담았지만 깨진 조각이 모두 나를 모두 담죠. 깨진 꿈 조각은 납작한 유리 파편처럼 보이지만 하나하나를 들여다보면 꿈을 이루기 위해 애썼던 시간이 고스란히 담겨 있기에 어느 한 조각 허투루 버릴 수 없어요. 비록 원래 원하던 모양으로 완성되지 않았어도 그 과정 자체만으로 빛나는 순간들입니다. 자신을 빛내기 위해 보냈던 시간들이 이젠 이렇게 다른 사람을 빛내는 데 쓰여요. 그리고 세상엔 그런 시도가 늘 끊임없이 일어나고 있고 그 조각들은 늘 나오게 되어 있죠. 아마 이미 제가 사용한 조각 중에 당신 것도 있을 걸요?"

그러고 보니 그렇다. 어릴 적 대통령부터 시작해 깨진 꿈들이 어디 한두 가지였겠는가? 설령 내 꿈이 나중에 깨지더라도 이렇게 아름다운 장식으로 이용될 수 있다니 도전하는 부담감이 한결 가벼워졌다. 누군가의 깨진 꿈들이 나의 공간을 빛내겠구나! 내 깨진 꿈도 누군가의 공간을 빛내 주겠지! 어떤 색을 띤 조각들이 내 생각 서재를 덮으면 좋을지 잠시 상상했다. 새로운 것에 도전하면서도 실패할지 모른다는 불안함으로 흔들렸던 마음이 묵직하게 채워졌다.

'이 길로 오기 잘했네.'

파고 파고 파고 오다 정원사를 따라왔던 나의 선택은 샛길이 아니었다.

"아 맞다. 이럴 때가 아닌데…."

정원사가 갑자기 손뼉을 쳤다.

"가야 해요."

"어딜 가는데요?"

"혹시 오다가 보셨나요? 정육면체 단층집이 모여 있는 곳이요."

"아! 그 재미있는 문패가 있는 곳 말이죠?"

"네. 거기는 표롱각 1구역인데 오늘 새로 들어오시는 분이 있어요. 새로 들어가는 공간을 좀 미리 살펴봐야 해요. 혹시 떨어진 유리 조각은 없는지도 살펴봐야 하고요."

'떨어진 유리 조각?'

난 순간 뜨끔했다.

"표롱각 1구역엔 어떤 사람들이 들어가죠?"

"음…. 이 공간의 나무가 3층짜리 정육면체 건물을 뚫고 나올 때면 나무 입장에선 매우 답답하지 않겠어요? 나무를 이동해야 할 만큼 생각 서재가 가득 찬 사람들이 갑니다."

나무가 건물 밖에서도 보이던 푸른색 건물이 떠올랐다.

"그런데 거기 있는 건물은 더 작고 소박하던데요?"

나는 궁금했다.

"자신의 공간을 그렇게 채울 정도면 이미 전 세계 사람들의 마음속에 자리 잡았을 테니까요. 굳이 큰 공간이 필요하지 않죠."

깨달음이 왔다. 나를 더 잘 보이려 과장할 필요 없는 존재. 모든 사람들의 마음속에 자리 잡게 되면 작가로서 그 이상의 영광이 어디 있을까.

"그런데 나무는 어떻게 옮기죠?"

"걱정 마세요. 워킹 팜이에요. 걸을 수 있어요."

그는 생긋 웃었다.

정원의 체계를 정리해 봤다. 가치 있는 생각을 시작하면 3층짜리 콘크리트 표롱각이 생기고 건물 안의 나무가 무럭무럭 자라도록 생각을 꾸준하게 가꾸다 보면 콘크리트 표롱각은 세상에 하나뿐인 색을 뿜으며 절정의 빛을 발하게 된다. 그때쯤 나무가 빼꼼 건물 위로 나오면 나무는 걸어서 숲으로 가고 서재의 주인은 자신을 대표하는 색을 입힌 단층 표롱각으로 간다. 그리고 현재 나의 생각 서재는 콘크리트 표롱각이었다. 세상에 없는 색으로 만들어 가겠다는 각오를 다지며 붉은 실을 다잡았다.

"그건 그렇고. 여기까지 오게 된 이유는 찾으셨나요?"

'아! 밥이나 빵.'

난 혼자 웃음이 터졌다. 그의 질문엔 아무 말을 하지 않았다. 가끔은 침묵이 말보다 더 많은 것을 의미할 때도 있으니까. 아주 잠깐의 정적이 있은 후 내가 말했다.

"전 다시 제 길로 돌아가야겠어요."

"돌아가는 길은 아세요?"

"네."

곳곳에 심어 놓은 붉은 실을 떠올렸다.

"이왕 오신 김에 정원을 좀 더 구경하고 가세요. 이 정원엔 표롱각 구역도 있지만 좀 더 걸어가다 보면 책 자아 클라우드라 불리는 곳이 있거든요. 책들이 묻혀 온 사연, 책의 생각들이 기록되는 곳이죠. 곧 이 세상에 나와 빛을 볼 모든 문장이 그곳에 숨을 쉬고 있답니다. 혹시나 당신이 찾는 것이 거기에 있을지 몰라요."

'세상의 모든 문장!'

귀가 번쩍 뜨였다.

"네. 감사합니다."

정원사는 커진 내 눈동자를 지그시 응시했다. 나를 보는 것 같기도 하고 내 눈에 비친 자신을 보는 것 같기도 했다. 그는 주섬주섬 짐을 챙겨 또 바삐 어디론가 갈 모양새였다. 그리고 귀에서 뭔가를 빼서 주머니에 넣었다.

"그건 뭐예요?"

아까 내가 소리를 칠 때 귀로 가져가던 것이었다. 아까부터 궁금했었다.

"보청기예요. 이걸 빼면 사람 말은 잘 안 들리는데 그래서 더 집중이 잘되기도 하죠. 그럼 잘 가세요."

"또 만날 수 있을까요?"

나는 만남에 미련이 남아 질문을 계속 끌었다. 그는 미소를 생긋 짓더니 뒤돌아 갔다.

"제가 당신을 뭐라고 부르면 되나요?"

그의 뒷모습에 대고 물었다.

"글쎄요. 여길 다녀갔던 사람들은 저를 영감이라 부르더군요. 자기 글의 마지막 한 조각을 채워 준다나 어쩐다나. 당신이 보기엔 나이 들어 귀가 잘 안 들리는 영감일 수도 있지만요."

정원사는 잠깐 뒤돌아 대답을 하곤 역시나 금방 사라졌다. 친절하지만 미련을 두고 질질 끄는 성격은 아닌 듯했다. 그와 이야기를 더 하고픈 아쉬움을 뒤로하고 난 세상의 모든 문장을 만날 수 있다는 책 자아 클라우드라는 곳으로 향했다. 가는 길에 나의 다짐이 흔들리지 않도록 응원과 지혜를 준 어르신도 만났다. 책 자아 클라우드에서 마주 본 광경은 정말이지 대단했다. 그곳의 어딘가에서 내 꿈을 완성할 조각을 찾을 수 있을지도 모른다는 희망이 생겼다. 그 광경을 담은 글을 꼭 써 보리라 생각하고 붉은 실을 거두며 정원을 빠져 나오려는데 뭔가 급하게 두드리는 소리가 들렸다. 쿵쿵쿵.

✦

"방에서 뭐 하니? 나와서 밥 먹어. 몇 번을 말해야 하니?"

문을 두드리는 소리에 난 화들짝 놀라 일어났다. 졸지 않은 척 책을 짚고 일어서다 책들이 우르르 무너졌다. 발등을 찧고서야 정신이 들었다.

'뭐야 꿈이었던 거야? 밥은 결국 여기서 찾게 되는구먼.'

온갖 눈치를 보며 밥을 들었다. 한 숟가락 뜨는 찰나 편지가 한 통 도착했다.

발신자	비단옷의 정원사
제목	귓속말

당신의 첫 번째 책은 소위 대박은 아니지만 세상의 색채를 다양하게 하는 데는 기여했어요. 세상엔 다양한 색이 필요합니다. 깨진 꿈들도 화려한 빛을 계속 내뿜는 것처럼. 주류라는 개념은 없어요. 다양함이 서로 조화를 이룰 뿐.

딴짓을 더 심각하게 해 봐요. 남들을 의식하기 전에 당신이 할 수 있는 가장 최선의 결과물을 내는 데 집중해요. 당신 스스로 최선을 다했다고 확신한다면 그걸로 된 거예요. 당신의 표롱각을 잘 관리하고 있을게요. 당신이 책 자아 클라우드에서 아이들을 보는 장면을 찍어서 함께 보냅니다.

이곳에서의 경험을 당신만의 색을 담아 표현해 보길 바라요. 이해해 주는 사람이 없다고 외로워하지 말아요. 내가 늘 옆에 머물게요. 그리고 그렇게 시도하다 보면 당신이 이 세상에 첫발을 내디딜 때의 감격도 언어로 표현하게 되겠죠. 움츠러든 마음을 털어 펼치고 다시 시작하길 바라요. 안녕.

첨부	13인의 아이들 사진

· 책의 말을 들은 노인 ·

"무슨 힘든 일이 있니?"

오랜만에 본 아들의 어깨에 잔뜩 내려앉은 세월을 보니 내 마음이 무너진다.

"별일 없어요."

할멈이 있었다면 좋았을 텐데. 할멈이 세상을 뜬 후 아들의 마음엔 덩그러니 구멍이 생겼다. 본인은 내색하지 않지만 나에겐 너무 잘 보였다. 더는 무너져 내리지 말아야 하는데…. 그런데 정작 아들의 허한 마음이 채워지길 방해하는 건 나였다. 어지럼증이 잦아지다 이번에 크게 쓰러졌다. 다행히 곧 일어났지만 아들 부부는 더 이상 나 혼자 지내는 것은 안 된다고 함께 살 것을 강하게 제안했다. 물론 내 고집을 꺾진 못했다. 여러 차례 논의 끝에 아들의 걱정을 덜어 줄 각종 장비를 설치했고 집을 떠나기 전 아들은 여러 차례의 확인과 당부를 잊지 않았다.

"상태가 조금이라도 좋지 않으면 이걸 누르세요."

여기저기 새로 들어선 응급 호출기가 반짝이며 나를 바라봤다.

"이 약은 늘 품에 넣고 다니시고요."

아들은 걱정을 잔뜩 짊어진 채 다시 떠났다.

'고맙다. 다 늙은 내가 뭘 할 수는 없겠지만 너도 내가 필요하면 언제든 말해 다오.'

이 말이 뭐가 그리 힘들다고 속으로만 전했다. 남들에겐 빈말도 잘하면서 가족한테 진심을 전하는 건 왜 이리 어려운지.

"조심히 잘 가거라."

아들의 차가 더 이상 보이지 않을 때까지 바라보다 멀리서 겨우 한마디를 건넸다. 그동안 난 아들을 충분히 바라봤던가? 아들을 위해 열심히 산다는 것이 오히려 그 아이를 외롭게 하지는 않았는지…. 특별히 해 준 게 없는 것 같은데 아버지라는 이유만으로 나를 걱정하고 챙겨 주는 아들에게 괜스레 미안해졌다. 건강을 지켜 신경 쓸 일을 만들지 않는 게 아들을 위하는 길이겠지. 아들이 챙겨 준 약을 먹었다. 서서히 몸이 노곤해졌다. **까무룩**.

✦

낯선 냄새가 났다. 내 몸의 늙은 세포들도 새로운 곳에 온 걸 느꼈는지 오랜만에 꿈틀거렸다. 지팡이를 짚고 이리저리 살피며 길을 나섰다. 얼마쯤 걸었을까? 어디부터 시작인지 경계가 명확하지 않은 정원에 들어섰다. 수목이 다양하고 기묘한 색을 띤 숲이 정원의 가장자리를 둘러쌌다. 유유히 흐르는 강을 따라 조금 더 걷다 보니 표롱각이란 이름과 번호가 매겨진 건물들이 모여 있는 단지가 나타났다. 소박한 단층의 정육면체 건물도 있었고 화려한 유리 조각으로 덮힌 구멍 뚫린 정육면체 건물도 있었다. 더 걷다보니 콘크리트가 그대로 드러난 건물도 있었다. 정육면체라는 큰 틀에서 적절히 변주하는 건물들을 보는 재미가 쏠쏠했다.

평소보다 많이 걸었는데도 몸은 가벼웠다. 앞으로도 늘 오늘 컨디션만 같길. 도시에 살 땐 주변의 분주함에 덩달아 휩쓸렸었다. 노인이 되니 생각하는 속도마저 늦어져 도시의 시계에 맞추는 것이 힘들었는데 이곳에선 시간의 중심을 비교적 잘 잡을 수 있을 듯했다. 난 여든이다. 여든이라니. 내가 여든 살을 먹을 줄은 정말 상상도 못했다. 나이에 비해 젊게 보인다는 빈말을 위로삼아 나만은 노화를 피할 수 있지 않을까 기대하며 버텼는데 이 나이가 되니 그게 다 무슨 소용인가 싶다. 속절없이 흐르는 시간을 따라 자동으로 매겨지는 나이가 야속했다.

그때 누군가 나를 빠른 속도로 스쳤다. 수레를 밀고 가는 사람이었다.

'어딜 저렇게 급히 가지?'

너무 빨리 지나가서 노인의 속도로는 아는 척을 할 수 없었다. 그는 옛 선비의 비단옷처럼 보이는데 주머니가 많이 달린 독특한 옷을 입고 있었다.

"허허. 요즘은 저런 게 유행인가 보군."

다시 몇 걸음 걷다 보니 공사 중인 듯 보이는 정육면체 건물에서 얼굴이 유난히 하얀 청년이 경쾌하게 걸어 나왔다. 좋은 일이 있는지 얼굴엔 희망이 가득 차 있었다. 새로운 도전을 시작하려는 싱그러운 젊음이 묻어났다. 그는 청년의 열정을 상징이라도 하듯 붉은 실을 들고 있었다. 사람을 만나지 못해 적적한 차에 난 그에게 말을 걸었다.

"실례해요, 젊은이. 혹시 이 근방에 가 볼 만한 곳이 있을까요?"

그 청년은 비단옷을 입은 사람이 걸어간 방향을 물끄러미 보다가 나를 향해 고개를 돌렸다.

"아! 저도 여기가 처음이긴 한데 방금 막 추천받은 곳이 있어서 가 보려고요. 알려 드릴까요?"

청년은 기다렸다는 듯 친절히 답해 주더니 함께 걸으며 자기에게 일어난 일부터 시작해서 추천받은 장소까지 꽤 긴 이야기를 했다. 하지만 처음 듣는 말도 나오는 데다 무엇보다 귀가 낡아지곤 보청기에 의지해도 젊은이의 특정 톤은 잘 들리지 않아 내 귀에 온전히 전달되지는 않았다. 용케 알아들은 바로는 추천받은 곳은 책들이 전하는 이야기를 보관한 장소라고 하는데 일종의 도서관인 듯했다.

'도서관이라면 가 볼 만하겠네.'

난 책을 좋아했다. 책을 통해 다양한 이야기를 만나 내면이 성장하는 것도 좋았고 책과 어울리는 내 모습을 보는 것도 좋았다. 젊은 시절 나의 유일한 액세서리는 책과 안경이었다. 책을 사는 것으로 허세를 부렸고 책들과 함께 있으면 괜히 배불렀다. 제목이 맘에 들어 사 두기만 하고 읽지 않은 책도 많았다. 옷장에 있는 옷을 다 입는가? 다 읽지 못할 걱정에 앞서 선택조차 외면하느니 마음에 들면 가까이 두는 것이 책을 접하는 시작이라 생각했다. 시간이 지나 책장을 보면 나의 지나간 관심사를 떠올릴 수 있었다. 괴테도 말하지 않았던가? '네가 읽는 책들이 너를 말해 준다'라고. 책장에 꽂힌 책들의 제목은 내 관심 키워드를 모아 둔 것이니 그 단어들을 적절하게 섞으면 내 자서전이 나올 것이다. 다만 나이가 드니 그렇게 좋아하던 책도 한 번에 쭉 읽기가 어려워 안타깝다. 내 눈이 얼마나 버텨 줄지 의문이다.

집이 넓지 않아 몇 해마다 한 번은 치열한 오디션을 거쳐 살아남은 아이들이 책장에 남았다. 하지만 그 책들은 내 취향에만 머문다는 한계가 있다. 세상을 두루 살피려면 예기치 못한 발견으로 책을 접할 수 있는 곳이 필요한데 어쩌다 인연이 된 책을 따라가게 되는 도서관은 시각의 균형을 맞추는 달팽이관 역할을 해줬다. 은퇴를 한 노인이 하루를 때울 장소로도 최적이었다.

"젊은이도 거기 가는 길이에요?"

청년에게 물었다.

"네. 전 작가인데요…."

말끝을 흐리는 청년의 볼이 손에 든 실의 색처럼 발그레해졌다.

"오! 그래요?"

나는 내가 혹시 아는 작가일까 청년의 얼굴을 바라봤다.

"부끄럽게도 제 집에 둔 책이 팔린 책보다 많은 작가죠."

청년은 말하면서 피식 웃었다. 자신의 실패를 아무렇지 않게 말하다니 마음의 그릇이 큰 사람일세.

"옹졸한 놈이라 실패를 담담히 말하진 못했는데요. 이곳에 와서 실패를 받아들일 용기와 다시 시작할 희망을 갖게 되었어요. 지금은 세상의 모든 문장이 있다는 그곳에서 제 꿈을 완성할 영감 한 조각을 찾을 수 있을까 잔뜩 부풀어 있고요. 기대가 '펑' 하고 맥없이 터질 수도 있지만 이젠 실패에 너무 초조해하지 않으려고요."

무덤덤한 청년의 말에 나는 화들짝 놀랐다. 이 나이가 되어도 새로운 시작은 늘 두려운데 청년은 내가 여든에도 갖지 못한 지혜를 벌써 갖고 있었다. 그러고 보면 난 늘 늦었다. 세상일에 흔들리지 않는다던 40대에도 난 엄청 많은 유혹에 흔들렸고 하늘의 뜻을 안다는 50대엔 내가 뭘 좋아하는지도 몰라 헤맸었다. 객관적으로 듣고 이해한다는 60대에도 무조건 내 것이 더 좋아보였고 뜻대로 해도 어긋나지 않는다는 70대에도 내 욕심으로 곤란

한 적이 많았다. 지금은 여든인데도 여전히 시행착오 중이고 삶이 계속해서 던지는 질문 속에서 헤매며 살고 있다. 나이가 많다고 지혜가 더 많은 건 아님을 새삼 깨달으며 청년 앞에서 겸손해졌다. 내가 뭐라 할 위치는 아니었지만 진심으로 덕담을 건넸다.

"지치지 말고 계속 시도하길 바라요. 그러면 누구나 젊은이에게 귀를 기울이게 될 거요. 저 사람은 도대체 시종일관 무슨 말을 하려는 건가 당연히 궁금하지 않겠소? 하하하."

청년도 함께 웃었다.

"감사합니다. 말은 이렇게 하면서도 계속 흔들거리는 제가 중심을 잡도록 묵직한 응원을 주시네요."

내 말에 감사를 표하는 사람을 얼마 만에 만나는지. 나도 덩달아 마음이 훈훈해졌다.

"먼저 가요. 난 천천히 갈게요."

젊은이의 경쾌한 호흡에 방해될까 젊은이를 먼저 보냈다. 붉은 실을 든 젊은이는 내 아들이 그랬던 것처럼 정말 괜찮냐는 확인을 몇 차례 더 하더니 내 고집을 꺾지 못하고 빠른 걸음으로 총총 사라졌다. 잠시나마 내 속도에 맞춰 준 것이 감사했다. 따뜻한 청년이다. 또 만날 수 있길.

✦

젊은이를 먼저 보내고 내 속도로 천천히 강을 따라 걸어갔다.

표롱각 구역에서 멀어지자 주변은 빛의 세기가 점점 줄어들었다. 날씨의 변덕인가? 서서히 주변이 어두워지더니 결국엔 한 치 앞도 보이지 않게 되었다.

슬며시 깔린 어둠 탓에 내가 잘 가고 있는지 확인도 되지 않아 난감해하고 있는데 '탁' 소리와 함께 어스름한 조명이 켜졌다. 조명이 비치는 주변을 살피니 길이 나 있고 그 길을 따라 둥그런 조명등이 계속 놓여 있었다. 센서로 작동하는지 내가 지나갈 때마다 하나씩 켜지며 길을 밝혀 주었다. 대접을 받는 것 같아 기분이 좋았다.

'도서관은 이 길의 끝에 있는 건가?'

지팡이를 짚으며 한 발 한 발 걸어 나갔다. 노인이 되니 한번 다치면 쉽게 회복되지 않았다. 이번에 크게 쓰러진 후 한동안 움직이지도 못하고 불편했기에 더욱 조심스러웠다. 같은 일이 반복될까 온통 신경이 바닥으로 쓰였다. 몇 걸음 걸어 보니 걱정과 달리 길이 잘 닦여 있어 마음이 놓였다.

'이곳을 관리하는 사람은 누구일까?'

구석구석 관리하는 사람의 손길이 닿지 않은 곳이 없었다. 누군지 모르지만 진심을 다해 일을 하는 것이 전해졌다. 푹신한 땅의 감촉을 느끼며 얼마쯤을 걸었을까? '딱' 소리가 나더니 지팡이를 짚는 느낌이 좀 전과 달리 딱딱해졌다. 돌이었다. 어스름한 빛 속에서 한껏 눈의 조리개에 빛을 모아 보니 꽤 긴 돌다리가 시작됐다.

다리 아래엔 강이 흐르고 반짝이는 수면 위에는 어떤 건물의 모습이 주름이 잡힌 물결을 따라 일렁였다. 피어오른 강 안개는 상서로운 분위기를 더했다. 어두운 길을 잔뜩 긴장하며 걷던 나는 잠시 허리를 펴고 건너편을 보았다.

"오호라, 저 건물인가 보군."

강을 따라 올라오며 봤던 표롱각 구역의 건물보다는 훨씬 거대한 정육면체 건물이 이 세상의 모든 색을 다 발산하며 은은한 빛을 내고 있었다. 건물의 빛을 받은 건가? 주변의 나무들도 초록이라는 상식을 깨고 각양각색을 뿜내고 있었다. 뭍의 건물이 물결 위에 반사되어 대칭을 이룬 모습도 신비로웠다. 지금이 낮인지 밤인지도 알 수 없지만 어두운 곳에서 오묘한 빛으로 화사하게 덮인 건물은 한동안 나를 무아지경으로 만들었다. 보기만 해도 멋진 곳을 알려 준 젊은이에게 다시 한번 고마웠다.

"친환경적인 건물. 맘에 쏙 드는군."

이렇게 아름다운 도서관은 처음 봤다. 저절로 미소가 지어졌다. 보면 볼수록 묘한 이야기를 품고 있을 거란 예감이 들었다.

"우르르."

그때 어스름한 뒤편에서 한 무리의 아이들이 나타나 나를 지나쳐 뛰어갔다. 그 뒤엔 휠체어를 탄 아이가 따랐다. 그들은 건물의 지하로 향했다. 어찌나 빨리 가는지 금세 또 어두운 공간으로 사라졌다. 나도 그들을 따라 지하로 갔다. 어두운 탓도 있겠지만 입구가 잘 보이지 않았다. 입구를 찾는데 안쪽에 먼저 들어갔던 휠체어를 탄 아이가 뭐라고 말을 했다. 입 모양을 따라해 봤다.

'벽을 넘으라고?'

나에게 입구를 가르쳐 주려고 하는 것 같은데 제대로 들리진 않았다. 아쉬움을 뒤로하고 방향을 틀어 1층으로 갔다. 건물은 열려 있었다. 슬며시 들어섰다. 먼저 시야에 들어온 것은 여유 있는 공간감을 갖춘 로비였다. 내가 밟고 선 로비 바닥엔 세 장의 꽃잎이 그려진 문양이 있었다. 문양의 색은 건물 외벽을 장식한 유리 조각 색만큼 다양했지만 과하지 않았다. 성당의 스테인드글라스에서 느껴지는 경건함도 비쳤다.

'아래가 다 보이는데…. 이거 튼튼한 건가?'

서 있는 다리가 후들거렸다. 투명 유리로 된 로비 바닥을 통해 지하가 훤히 들여다보였다. 아래엔 아이들이 마음껏 뛰놀고 있었다. 휠체어를 탄 아이도 가장 자리 벽을 따라 움직이고 있었다.

'지하에서 뛰면 층간 소음 걱정은 없겠군. 도대체 저 아이들은 어떻게 저리로 간 거지? 건물 안에서도 지하로 가는 안내를 찾을 수는 없는데 말야.'

문양의 꽃잎과 꽃잎 사이에는 주머니 같은 것이 달려 있었다. 주머니 모양은 해초처럼 보이기도 하고 완두콩의 껍질을 벌려 놓은 것 같기도 했다. 주머니의 깊이와 색은 모두 달랐다. 아득히 깊

정원사의 스케치 - 책 자아 클라우드 로비 바닥 문양

기도 하고 매우 얇기도 했다.

"저 주머니엔 뭐가 담겨 있는 걸까?"

로비 바닥 너머 보이는 지하를 한참 구경했다.

✦

사실 나도 작가다. 마지막 책을 20년 전에 썼으니 작가였다고 해야 하나? 그런데 문자로 된 책으로 나왔느냐 나오지 않았느냐의 차이일 뿐이지 이 나이가 된 사람들은 최소한 책 한 권의 인생을 품고 있다. 덴마크 사회운동가 로니 에버겔이 사람 도서관을 개관한 것도 같은 생각에서 였을 거다. 그러다 보니 글로 돈을 버는 사람이 이것 밖에 못 쓰느냐는 시선이 무서워서일까? 전업 작가임을 밝히는 건 여전히 망설여진다. 자신이 작가라고 밝힌 청년의 자신감이 부러웠다. 누가 볼까 슬며시 검색대에서 제일 최근에 쓴 책 제목을 입력했다. 없다. 그 다음 최근에 쓴 책 제목을 입력했다. 앗! 또 없다. 누가 보는 것도 아닌데 굴욕적이었다. 내 안에 담긴 말을 쓰고 싶어 쏟아 낸 책의 권수가 꽤 쌓였는데도 이곳엔 정녕 한 권도 없다는 건가? 그 모든 것이 혼자만의 만족을 위한 지적 노동이었다니 조금은 섭섭했다. 그럼 있는 책은 무엇일까? 오기가 생겼다. 나의 필명을 입력하니 다행히 한 권이 나왔다. 내가 맨 처음 쓴 책이었다. 내 능력은 사람들이 좋다고 느끼는 작품을 하나밖에 쓰지 못할 정도였나 보다.

'314.15ㅍ? 이곳은 듀이의 십진분류법*을 쓰지 않나 보네. 내 책은 늘 800번대에 있었는데…'

나는 안내에 따라 내 책을 찾아갔다. 검색대가 알려 준 위치로 왔건만 책은 도무지 보이지 않았다. 눈동자를 천천히 움직이며 침착하게 살펴보니 내 책은 두꺼운 책들 사이에 가려져 있었다.

"눈앞에 두고도 쉽게 못 찾다니. 이래서 사람들이 많이 안 봤나? 좀 더 두꺼운 책을 쓸걸."

이 나이쯤 되니 내 책이 객관적으로 보였다. 많이 설익었었다. 젊은 날 가졌던 신념도 바뀌었다. 세상은 끊임없이 변하고 내 생각의 폭도 달라졌으니까. 내가 쓴 책이지만 지금 읽으면 다른 생각을 가질 수도 있을 것 같다. 다시 쓸 기회가 있다면 난 어떤 선택

---

* 세계에서 가장 널리 쓰이는 도서 분류법.

을 하게 될까? 그런 생각을 하며 제일 처음 썼던 책을 뽑았다.

"내 책아! 잘 있었니?"

주변에 아무도 없었지만 행여 누가 들을까 자그맣게 속삭였다. 그런데 무슨 소리가 들렸다.

"저는 누구의 소유도 아닙니다."

주위를 돌아봤다. 아무도 없었다. 보청기가 잘 맞지 않아서 난 소리라 생각했다.

"이런 낯선 곳에도 내 책이 있었구나!"

다시 내 책과 만난 감회를 나누는데 또 소리가 들렸다. 언짢아하는 목소리였다.

"내 책이라뇨? 저는 누구의 소유도 아닙니다."

이제 명확히 들렸다. 보청기 잡음은 아니었다. 분명 책이 말을 하고 있었다. 내가 만든 캐릭터와 대화를 나누는 상상을 하며 글을 쓸 때는 있었지만 책이 실제로 말하는 걸 들을 거라곤 전혀 예상하지 못했다. 다시 한번 살폈다. 그리고 말도 안 되는 일이란 걸 알면서도 말을 걸었다.

"내가 이 책을 썼어."

내 말이 끝나기가 무섭게 답변이 돌아왔다. 누군가와의 대화가 고팠던 것처럼.

"이 책을 쓰셨다고요? 여기 제가 품고 있는 사진과는 전혀 다른데요?"

'아뿔싸.'

하긴 이 책에 쓰인 내 사진의 보정이 과하다는 건 당시에도 느꼈다. 좀 멋져 보이려 했던 선택이 이런 결과를 만들다니.

"그건 내 젊은 시절 사진이니까."

내가 쓴 책에게 나를 증명하려 하고 있다니 지금 뭐 하고 있는 건가 싶었다.

"그럼 신분증을 보여 주세요."

"그건 내 필명이라 신분증에 적힌 이름과 다르지."

말하면서도 내가 지금 무엇을 하는 건지 여전히 혼란스러웠다. 이게 노망이라는 건가?

"그럼 제가 확인할 길이 없군요. 작가를 사칭하는 사람이 아직도 있군."

책은 혼잣말을 내가 들릴 정도로 크게 했다. 내 책 앞에서 몸 둘 바를 모르는 건 정녕 무슨 일인가?

"일단 저를 좀 움직일 수 있게 해 줘서 감사합니다. 두꺼운 책 사이에 끼어 있기가 힘들었거든요. 이제 좀 살 만하네요. 당최 저를 보는 사람이 있어야 말이죠."

책의 말에 내 얼굴이 화끈 달아올랐다.

"제가 여기 처음 들어온 이후 밖에서 들어오는 소식이 없네요. 지금 몇 년 동안 늘 침묵을 지키고 있습니다. 왜 사람들은 나를 선택하지 않을까 생각하며 도를 닦고 있죠."

'들어오는 소식? 무슨 소식?'

알 수 없는 말을 뱉어 내는 내 책과 몇 마디를 나누고 보니 다른 건 몰라도 내가 이 책을 쓴 작가라는 사실을 드러냈다간 큰 망신을 당하겠다 싶었다.

"내 친구가 부러워요. 그 친구는 어제도 업데이트가 되었답니다. 따끈따끈한 새 생각이 도착했어요. 세상의 이곳저곳을 둘러본 이야기는 얼마나 재미있을까요?"

나는 잠자코 책의 넋두리를 들어 보기로 했다.

"그런데 그 친구가 그런 말도 하더라고요. 밖에 나가 보니 책으로 묶이지도 못하고 사라진 생각과 문장들도 많다고요. 그걸 듣고 나면 이렇게 묶여서 책으로 만들어진 것만으로도 감사하더라고요. 이 말 들으면 이렇고 저 말 들으면 저렇고. 늘 욕심과 만족 사이에서 줄다리기를 하고 있답니다."

'이 책이 도대체 무슨 말을 하고 있는 거지? 정녕 내가 쓴 책이란 말인가?'

뭐에 홀린 듯한 이 상황을 다시 강하게 거부하느라 고개를 흔들었다. 그러고 보니 내가 대충 흘려들었던 젊은이의 장황한 말 중에 '책 자아'라는 말도 있었던 것 같기도 했다. 그때는 무슨 희한한 말인가 하고 그냥 넘겼는데… 내 책은 내가 쓴 글과 별개로 제 나름대로의 자아가 있었다. 책의 말이 맞았다. 여기 있는 책은 누구의 소유도 아니었다. 이곳은 보통의 도서관은 아닌 듯 했다.

"이렇게 매듭지어지지 않은 결말은 별로예요. 결론을 맺지 못하는 건 작가의 용기가 부족해서가 아닐까요? 아니면 자신이 벌여 놓은 떡밥을 회수하지 못한 책임 회피든가요."

이번엔 또 무슨 소리인 걸까. 책이 던지는 말 조각을 이어 보면 이 상황을 조금 이해할 수 있게 되겠지. 귀를 날카롭게 세우고 책이 정신없이 던지는 말을 주워 담았다.

"저를 묶은 작가가 고민을 많이 하신 결과겠지만 제가 품은 이야기가 맘에 들진 않아요."

골이 멍해졌다. 그동안엔 독자의 반응이 너무 없어서 의기소침했었는데 대놓고 피드백을 받을 땐 또 어떻게 반응을 해야 하나 딱히 생각해 둔 것이 없어 난감했다.

"전 딱 정해진 결말이 좋아요. 깔끔하잖아요."

책은 자신의 취향을 정확히 말했다. 책은 그동안 입을 꾹 다물고 있던 한을 다 풀 작정인지 매우 수다스러웠다. 주변에 그 말이 들릴까 내가 더 조마조마했다. 책의 입 위치를 알았다면 손으로 막을 뻔했다.

"그래서 말이죠."

책이 눈알을 굴리는 소리가 들렸다.

"이건 비밀인데. 사실 제가 조금 고쳤어요."

이쯤 되면 내가 노망이 든 게 확실하다.

"책이 책을 다시 썼다고?"

화가 스멀스멀 올라올 준비를 했다. 책 따위. 내가 던져 버리면 힘도 못 쓸 거면서.

"다시 쓴 것까지는 아니고요. 아주 조금 바뀠어요. 처음엔 맘이 콩닥콩닥했는데 지금은 괜찮아요. 언제 또 저를 빌릴 사람이 나타날지 기약이 없으니까 상관없어요."

책의 말이 틀리다고 반박할 수도 없으니 더 답답할 노릇이었다. 실컷 소신을 말하던 내 책은 더는 할 말이 없는지 나에 대해 물었다.

"진짜 제 책의 작가는 아니죠?"

난 헛웃음을 지었다.

"허허. 그래 아니야."

"그럴 줄 알았어요. 작가는 맞으시고요?"

"그건 맞아."

적당히 말을 받았다.

"그럼 지금도 책을 계속 쓰시나요?"

책은 또 한 번 나를 찔러보았다.

"못 쓰지. 날 보라고. 머리가 하얗게 녹슬었잖아. 머리가 돌지 않아. 온종일 앉아서 글을 쓸 체력도 없고."

나도 이젠 비뚤어지겠단 생각으로 제멋대로 답했다.

"녹이 하얗게 스는군요. 저는 누렇게 되는데요. 오늘도 나에게 들어오는 소식은 없겠죠?"

책은 체념을 넘어 무심한 듯 한마디를 뱉었다. 그러곤 다시 하품을 했다.

"저에게 쌓인 사연이 없어서 특별히 더 드릴 말씀은 없는데 보시다가 제자리에 잘 꽂아 주세요."

책은 조용해졌다. 싱겁게 끝난 대화 끝에 남은 건 얼굴에 오른 열과 옹졸해진 초라한 나였다. 나는 책을 얼른 제자리에 꽂고 그 열람실에서 멀리 떨어진 건너편 공간으로 갔다. 호흡을 고르고 보청기를 다시 만졌다. 보청기는 이상이 없었다.

'책이 말을 하다니….'

혼란스러웠다. 지금 이 상황은 환상적이지만 두려웠다. 새로운 모험을 감당하기엔 내 심장은 너무 낡았다. 어지러워져서 주머니에 항상 갖고 다니는 약을 먹고 숨을 골랐다.

◆

책이 하는 소리가 들리는 황당한 이야기. 어디에 가서 말했다가는 또 아들을 걱정하게 만들 수 있어 섣불리 말할 수도 없었다. 정말로 뇌에서 이상한 일이 진행되고 있다면 이번엔 내 발로 요양원에 갈 거라 마음은 먹었지만 막상 이런 일이 닥치니 선뜻 드러낼 용기가 나진 않았다.

"새로운 곳을 이리저리 다니다 보니 피곤해서 헛것이 들린 걸 거야."

다시 한번 마음을 가다듬고 열람실에 걸어 들어갔다. 그리고 무작위로 한 권의 책을 꺼내 들었다. 관리번호 271.82오. 창업 분야의 책이었다.

"이걸 보면 창업해도 되나?"

책이 내 목소리를 듣게 하려는 의도를 갖고 크게 말했다. 하지만 책은 아무 말이 없었다.

'그럼 그렇지.'

안도의 웃음이 났다. 내 노망에 대한 걱정으로 잠시나마 공상의 만리장성을 쌓았던 것이 우스웠다. 아닌 게 확인이 되었으니 다시 꽂아 둬야지. 이 나이에 무슨 창업을 하겠나? 마음을 놓고 왼손으로는 책을 받쳐 들고 오른손 엄지손가락으로 책장을 후르륵 훑었다. 그런데 그때 소리가 들렸다.

"간지러워요."

나는 놀라 책을 바닥에 떨어뜨렸다. 공간에 소리가 울렸다. 누가 볼까 책을 얼른 집어 들었다.

"아얏. 이렇게 갑자기 던지면 어떡해요?"

마음 놓았던 나는 뒤통수를 한 대 제대로 맞았다. 또 들렸다. 이번엔 또렷이 확인해야 했다. 난 책의 관리번호를 부르면서 물었다.

"지금 말하는 게 271.82오 맞아요?"

"네. 맞아요. 적혀 있잖아요!"

소리엔 예민함이 잔뜩 배어 있었다. 책의 소리가 들리다니? 죽기 전에 사람들의 마음을 읽어서 사람들이 읽고 싶은 책을 쓰게 해 달라는 소원이 잘못 접수된 걸까? 만감이 교차했다.

"말 걸지 마세요. 오늘은 좀 쉬고 싶어요."

"그래요, 그래요. 그렇게 하세요."

책은 다시 조용해졌다. 책의 소리를 들은 건 전혀 착각이 아니었다. 나는 새로 갖게 된 나의 능력으로 벌어질 일에 대한 기대와 두려움이 교차했다.

'젊었을 땐 새로운 경험을 일부러 찾아다녔는데 이젠 너무 새로운 일에는 두려워 주춤하게 되다니 마음마저 늙어 버렸군.'

쉬고 싶다는 271.82오에게 방해가 될까 살며시 책장을 넘기며 그가 품은 내용을 묵독했다. 271.82오는 동네 책방을 운영하는 서점 주인이 고군분투하며 겪은 서점 경영의 시행착오를 담은 책이었다. 우연히 집어 든 책이지만 전업 작가에게 어울리는 노후는 무엇일까 고민하던 때 잠깐 관심을 갖던 일이라 흥미롭게 읽었다. 그리고 얼마의 시간이 흘렀다. 271.82오는 이제 조금 쉬었을까?

"좀 쉬었어요?"

내가 먼저 말을 걸었다.

"네. 조금 나아졌어요. 그런데 할아버지는 뭐 하는 분이세요?"

아까와는 사뭇 다른 편안한 말투로 책이 나에게 물었다.

"근처 구경할 곳을 찾다가 어떤 청년이 이곳을 알려 줘서 온 사람이에요"

"그렇군요."

"그런데 지금 많이 혼란스럽네요."

깊은 한 숨을 쉬며 말하는 나를 보며 책이 물었다.

"왜요?"

"제가 살던 곳의 도서관에서는 책이 말을 하지 않거든요."

"그래요? 그냥 편하게 생각하세요. 여긴 책이 모여 있으니 도서
관이라고 할 수도 있겠지만 정확히 말하면 책의 자아를 모아 두
는 책 자아 클라우드예요."

"책 자아 클라우드요?"

"세상 곳곳의 도서관에는 책들이 많잖아요. 뿔뿔이 흩어져 있
지만 그 책들의 자아는 이곳에 모여 있답니다."

"조금 더 쉽게 설명해 줄 수 있어요?"

책이 하는 말을 빨리 알아차리지 못하는 내 자신이 답답했다.
내 센스가 이리 더디지는 않았는데.

"저는 대한민국의 1만 4천 군데의 도서관에 있어요. 번역이 되
지 않아 해외 진출은 못 했지만 참으로 다양한 사람들이 저를 빌
려 가서 읽고 다시 반납하지요."

"그렇겠지요."

설명을 천천히 쫓아갔다.

"최초의 자아는 저를 써 주신 작가의 철학이 지배적이지만 독

자들이 다양한 해석을 하는 걸 보면서 저 스스로를 다채로운 시각으로 바라볼 수 있었어요. 작가와 같은 생각을 하는 사람들도 많지만 아닌 경우도 많고 가끔 이런 책은 나도 쓰겠다고 혹평을 하는 경우도 있죠. 그런 다양한 해석과 만나면 제가 품고 있는 내용에 대한 생각이 깊어지죠."

"책이 자신을 비판적으로 보면서 생각이 자란다는 뜻인가요? 책은 사람의 마음을 어떻게 아는 거죠?"

나는 물었다.

"할아버지는 상대방의 마음을 무엇에서 읽나요?"

책이 반대로 나에게 물었다.

"글쎄요."

나는 잠시 머뭇거렸다.

"꼭 그가 말을 해야만 알 수 있나요?"

책은 내가 답하기 쉽게 질문을 바꿨다.

"꼭 그렇진 않죠. 몸짓으로도 알고 눈빛으로도 알죠."

나는 말했다.

"맞아요. 바로 그 눈빛! 저는 사람이 어느 부분을 읽을 때 어떤 마음인지 눈빛을 온전히 받지요. 그때 사람들이 저를 어떻게 받아들이는지 마음을 읽게 돼요. 물론 점자로 읽는 사람들에게는 손끝의 느낌을 받고요. 당신이 읽었던 책보다 더 당신을 오랫동안 지그시 바라보던 사람이 있을까요?"

책이 물었다. 책의 시각에서 잠시 상상해 보니 나보다 먼저 떠난 야속한 할멈이 잠깐 떠올랐어도 답은 명쾌했다.

"그러고 보니 없네요."

"자신이 비치는 화면을 볼 때는 얼짱 각도까지 생각하며 표정을 꾸미지만 종이로 된 책을 읽을 때는 표정을 꾸미지 않아요. 심지어 얼짱 각도지요. 또 혼자 책을 읽을 때는 사회적 가면이 벗겨진 가장 편안한 상황일 때가 많잖아요. 그러다 보니 책에 닿는 시선은 솔직한 마음을 담고 있어요."

책이 말을 했다.

"그 시선에 담긴 사람의 생각을 온전히 받아 책의 마음 안에 저장을 하는 거군요."

"네. 맞아요. 그런 시선을 통해 자신을 비판적으로 보면서 저자의 철학과 별개로 책의 자아가 생기는 거죠. 그 과정을 거치면서도 저자의 철학을 그대로 따르는 자아를 가진 책들도 있고 저자의 철학과 상반되는 생각을 갖는 책들도 있어요. 하지만 반대를 하게 되었다 해도 최초 자신의 생각의 씨앗을 만들어 준 저자가 없었다면 바뀐 생각의 존재 자체도 없기에 원작을 훼손하지 않는 답니다."

"어떻게 그게 가능하죠?"

나의 질문은 계속 되었다.

"반납하면서 바코드를 찍을 때 도서관에 꽂히는 책은 원작자의 철학을 담은 최초 모드로 돌아가고 거기에 묻혀 온 독자의 관점을 보면서 스스로 자신을 분석하고 고민한 과정은 이리로 전송돼요. 책과 책의 자아를 분리한 거죠."

책이 말했다,

"책의 마음은 어떻게 이곳으로 전송이 되는 거죠?"

내가 물었다.

"들리지 않나요?"

책은 황당하다는 듯 나를 봤다.

"뭐가요?"

"당신은 지금 제 말을 듣고 있잖아요. 책들은 모두 수다쟁이예요. 지금도 꺼지지 않는 음반처럼 계속 말을 하고 있어요. 그 말에 귀를 기울이는 사람이라면 모두 받아 적을 수 있고요."

"그렇겠네요."

그러고 보니 책은 예전에도 언제나 나에게 말을 걸었었다. 나는 그걸 읽었다고 생각했을 뿐이다. 그걸 이제 깨닫다니.

"원작은 표롱각이라는 원작자의 생각 서재에 있어요. 시간이 되시면 그곳도 한번 구경 가 보세요."

271.82오는 내 이해의 속도에 맞춰 나긋나긋 설명해 주었다. 271.82오와 꽤 긴 대화를 나누고 나니 붉은 실 청년이 흥분해서 주저리주저리 한 이야기와 함께 이곳이 어떤 곳인지 서서히 윤곽이 잡혔다.

'책이 자신이 품은 내용을 읽고 자신만의 철학을 갖는 자아를 만들어 낸다니.'

이곳에선 내가 늘 봐 왔던 도서관보다 더 흥미로운 일이 벌어지고 있었다.

"책은 빌려 간 사람들의 화장실이나 침실과 같은 매우 사적인 공간까지 드나들 수 있는데요. 책의 내용과 별개로 수많은 사람의 서로 다른 삶을 여과 없이 보면서 인생 자체에 대한 생각도 많이 해요. 성향에 따라 추구하는 것은 모두 다르지만 우리 책들은 모두 철학자라고 볼 수 있죠. 책과 관련된 고민과 더불어 우리를 빌려 간 사람들의 다양한 인생사가 모두 우리 자아를 성장시키는 거름이 되죠."

271.82오의 이야기는 점점 더 깊어 갔다.

"얼마나 다양하고 많은 생각이 나오나요? 책의 자아의 수는 거의 무한에 가깝지 않나요? 그럼 이 공간이 부족할 텐데요?"

나의 질문이 꼬리에 꼬리를 물었다. 그때 어디선가 거대한 돌이 구르는 것 같은 소리가 들렸다.

"잠깐만요! 이 소리를 좀 들어 보세요."

271.82오가 숨을 죽였다. 나도 덩달아 숨을 죽였다. 그때 주변의 공간을 보니 웅장한 소리와 함께 건물에 미묘한 변화가 일었다. 얼핏 보면 달라진 게 없어 보이지만 분명 정육면체로 뚫린 공간의 개수가 늘어났다. 소리가 멈춘 후 빈 공간을 다시 헤아려 보

니 4단계 멩거 큐브로 진화한 것이 분명했다. 사연이 계속해서 접수되고 책 자아들이 많아져 공간이 더 필요할 땐 다음 단계의 멩거 큐브로 진화하면서 공간의 내부가 나눠지고 있었다. 건물은 고정된 형태가 아니라 살아 있는 생물처럼 진화하는 셈이었다.

"보셨죠? 답이 되었나요? 이렇게 일정 간격으로 분할 또는 확장이 되고 있어요. 이 구조는 안으로도 공간 분할이 가능하고요. 설정에 따라 밖으로도 확장이 가능해요. 말씀하신대로 무한에 가까워지는 책의 자아들을 담기엔 찰떡같은 공간이지요."

자신이 있는 이곳에 대한 271.82오의 자부심이 보였다.

"그렇군요. 이 공간은 아주 치밀한 설계를 바탕으로 만들어진 게 느껴져요."

나는 감탄했다.

"처음부터 이런 구조의 건물은 아니었어요. 대대적인 리모델링을 한 거예요."

271.82오는 계속해서 말했다.

"처음 모습이 어땠는지 궁금하네요."

"저도 그 모습을 보지는 못했어요. 다만, 이곳에 아주 오래전부터 있던 책들의 말에 따르면 이 공간의 설계자는 '문장은 문자화된 책에만 있지 않다. 내가 접하는 세계가 나에겐 모두 책이다'란 생각을 갖고 있었대요. 그래서 문자로 된 책을 보관하는 것은 물론 아직 나오지 않은 책의 틀도 보관하고 있었다고 해요."

"미래에 나올 책의 틀이라면?"

"책의 표지와 서문은 있지만 아직 내용은 없는 책이에요."

"매우 혁신적인데요? 미래에 나올 책의 자리를 먼저 마련해 두는 거잖아요. 그런 책이 아직도 있나요?"

"지하에서 무럭무럭 자라고 있다곤 들었어요."

"지하요?"

"우리에게 들어온 생각과 이야기 중 우리가 추천하는 것을 그 사람이 모아서 지하로 가져가는 걸 보면 아마도 그곳에서 미래에 책으로 나올 뭔가가 만들어지는 게 분명해요."

271.82오가 눈동자를 반짝이며 말했다.

"저도 지하가 궁금했어요. 지하로 들어갈 문을 찾지 못해서 들어서지 못했죠. 지하엔 어떻게 갈 수 있나요?

"그건 정원사가 알아요."

"정원사요?"

"이곳을 부지런히 다니면서 관리하는 사람이에요. 이 거대한 정원의 설계자이자 책들이 전송하는 수다를 고스란히 기록해서 책 자아 클라우드를 채운 사람이죠. 옛 선비의 비단옷을 개량한 주머니가 많이 달린 작업복을 입고 있고, 뭔가 파 낼 장비를 늘 들고 다녀요. 워낙에 독특한 패션을 하고 있어서 만나면 누군지 바로 알 수 있을 거예요."

이곳에 올 때 살짝 스쳤던 사람이 바로 떠올랐다.

"이 정원은 그 사람의 소유인가요?"

내가 물었다.

"처음엔 그 사람의 작은 정원이었는데 다른 작가의 생각 서재도 들어서면서 정원의 규모가 점점 커졌대요. 대대적인 리모델링을 거치고 나선 책 자아를 담은 클라우드가 이 정원의 랜드마크가 되었고요. 그 사람은 이곳의 주인은 우리 모두라고 말하죠. 그러다 보니 저도 주인 의식을 갖고 제 생각을 계속 가꾸게 되더라고요."

271.82오는 정원의 역사를 간략히 말해 줬다.

"결국 이 정원은 작가와 책들의 생각이 모여 있는 생각 정원이군요."

내가 말했다.

"맞아요! 생각 정원."

책이 맞장구를 쳤다.

"제가 죽기 전에 이런 곳에도 와 보네요."

이곳에 내 첫 책의 자아도 주인으로서 한 자리를 차지하고 있음이 뿌듯했다.

"생각 정원에는 지금 제가 있는 책 자아 클라우드뿐 아니라 작가들의 생각을 담아 둔 '표롱각', 그리고 정원사의 공간인 '소창다명'이 있어요. 최근에 또 하나의 건물이 올라가고는 있는데…"

271.82오는 갑자기 말을 줄이더니 작은 소리로 이어 말했다.

"이곳에 한 번쯤 다녀간 사람들과 정원사가 소통하는 편지를 보관하는 장소가 될 거란 소문이 자자해요."

271.82오는 나만 알고 있으라는 표정이었다.

"정원사는 도대체 어딜 가면 만날 수 있나요?"

정원사를 만나면 여러 가지 궁금함이 한 번에 해결될 수 있을 것 같았다.

"매일 한 번은 화단 쪽에 나타나요. 거기에 있다 보면 반드시 만날 수 있어요. 그 사람은 책에 너무 빠져 있어 사람 말을 잘 못 들을 수 있으니 큰 소리로 부르거나 가까이 가세요."

나와 그 사람은 귀가 잘 안 들린다는 공통점이 있었다. 뭔가 갑자기 가까워진 느낌이었다.

"한없이 느릴 것 같다가도 한번 움직일 땐 순간 이동을 하는 것처럼 진짜 빠르니 보면 바로 달려가시고요."

271.82오는 처음 인상과는 달리 매우 친절하고 배려심이 많은 정다운 책이었다.

"무한에 가까워지는 책 자아의 말을 담다 보니 이곳엔 세상의 거의 모든 문장이 있는데 그래서인지 글을 쓰다 막힌 작가들이 이곳에 닿는 경우가 많아요. 그는 그 사람들이 마지막 한 조각을 찾아가는 데 도움을 주죠. 혹시 할아버지도 그런 고민이 있어서 이곳에 닿은 건가요?"

이미 20년 전에 펜을 놓았던 난 '글쎄요'란 답을 삼켰다. 이 나이에 다시 책을 쓴다는 생각을 해 본 적이 없었다.

"참, 한 가지 더 물어도 돼요?"

"얼마든지요."

이러저런 이야기를 듣던 중에도 계속 내 맘에 남았던 내 첫 책을 떠올리며 물었다.

"혹시 책의 자아들이 원본을 수정하기도 하나요?"

답이 궁금했다.

"수정하는 것은 규칙 위반이에요. 물론 모두 규칙을 지킨다고 할 수는 없겠지만요. 솔직하게 말하면 이렇게 많은 책 자아들이 있으니 본인이 떠들고 다니지만 않는다면 책이 원본을 수정했다 한들 확인할 수도 없을 거예요."

271.82오는 말을 아꼈다. 내 첫 책의 자아는 떠들고 다니니 곧 규칙을 위반한 사실이 드러나겠다 싶었다. 큰 벌이 내려지면 어쩌지? 아까는 기분이 나빴는데 걱정도 됐다.

"제대로 고치고 싶다면 자신을 수정해 달라고 원작자에게 부탁해야 하는데 그 책 자아의 생각이 원작자에 닿아야 하니 쉽지는 않을 거예요."

271.82오가 말했다.

'원작자는 난데…'

난 못 들은 척하고 화제를 돌렸다.

"괜찮다면 271.82오가 최근에 묻혀 온 사연이 뭔지 말해 줄 수 있어요?"

"좋아요. 수다는 재미있으니까요. 대한민국 파주의 도서관에서 자그마치 14일을 꽉 채운 출장이었는데요."

"출장이요?"

"우린 대출되어 나가는 걸 출장이라고 해요. 우리끼리 통하는 언어죠."

"그렇군요."

"두 번째 직업으로 동네 책방을 열어 볼까 생각하는 분이 저를 빌려 갔어요."

"나도 한때는 생각했던 일이긴 해요. 그래서 좀 전에 아주 관심 있게 읽었어요."

"그러신 거 같아요. 그래서 저도 할아버지께 호감이 갔어요. 처음에 까칠하게 대한 거 죄송해요."

"별말씀을."

책도 자신을 존중해 주는 사람에게 호의를 보였다. 처음과 사뭇 달라진 태도가 이해가 됐다.

"대출을 해 갔던 분은 지금도 책, 아니 종이와 관련된 일을 하고 계셨죠."

"책과 관련된 일은 많은데…."

"책의 장례식과 관련된 일이었어요."

"책의 장례식이요?"

"파쇄소에서 일했어요. 출판사하고도 거래를 많이 하더라고요."

"인쇄소가 아니고요? 파쇄소가 책이랑 무슨 관계가 있죠?"

"네. 저도 생활 쓰레기에서 분리한 종이류들을 파쇄하는 곳이라 생각했는데 아직 세상에 한 번도 나가지 못한 책들도 파쇄를 하더라고요."

"그래요?"

나는 귀가 쫑긋했다.

"팔리지 않거나 반납된 책, 만들었으나 여러 사정으로 팔 수 없는 새 책들이 찢기고 분해되어 파지가 되는 걸 봤어요. 여러 이유로 한 번도 세상에 나가지 못하고 그렇게 사라지는 동료들을 보는데 괜히 마음이 무거웠어요. 제가 까칠해진 것도 아직 그 기억이 나서 그래요. 팔리지 않고 보관만 되는 책들은 일정 기간이 되면 파쇄하는 게 더 이득이라고 그렇게 처리한대요."

"그런 일도 있군요."

"그분이 일하시는 틈틈이 저를 읽었는데 혹시 저도 파쇄하는 곳으로 던져질까 긴장을 한 탓인지 컨디션이 안 좋아졌어요."

"이해가 안 되는군요. 팔리기도 전에 파쇄되는 책을 봤다면 제2의 직업으로 서점을 생각하진 않을 것 같은데."

"그렇죠? 안 그래도 퇴근 후 저를 읽고 있는 아저씨에게 부인이 물으시더라고요."

"책이 팔리지 않아서 그렇게 많이 파쇄로 들어오는데 우리가 밥은 먹고 살겠어? 다른 일을 생각하면 안 될까? 난 불안해. 그나마 모은 돈도 다 날릴까 봐."

"여보. 돈도 돈인데 사실 난 귀하게 만든 책을 파쇄한 돈을 받고 돌아서는 출판사 친구의 모습이 지워지지 않아. 빛도 못 보고 내 손을 거쳐 간 책들을 달래 주고도 싶고. 그래서 좋은 책들을 많이 알려서 팔고 싶어. 그래야 내 맘이 편해질 것 같아서 말야. 돈은 굶지 않을 만큼 벌 자신은 있어. 잘 준비할게."

271.82오는 훌륭한 이야기 전달자였다. 책이 사연을 말할 때 마치 그 장소에 내가 있는 듯 몰입이 됐다. 나도 팔리지도 않고 잘 빌려 가지도 않은 책을 만든 작가이기에 그의 맘이 충분히 이해됐다. 난 내가 책을 낸 사실을 세상이 알아주지 않은 것에만 관심이 있었지 모습도 보이기 전 사라지는 책들에 대해 진지하게 생각해 본 적은 없었다. 내가 글을 계속 쓰는 게 옳은 일이었나? 나의 지적 허세로 베어진 나무들에 괜히 미안했다.

"아무도 빌려 가지 않아 늘 심심해하는 제 친구에게 그 이야기를 해 줬더니 대출 한 번 되지 않고 도서관 한구석에 자리 잡고 있는 것만도 다행이란 말을 하더군요. 도서관에 꽂혀 있기만 하면 누군가의 손길은 늘 닿잖아요."

"그건 그렇죠."

난 좀 전에 내 책이 한 말이 떠올랐다.

"어! 또 다른 곳의 이야기가 곧 들어오겠네요. 저 좀 다시 꽂아 주시겠어요?"

"인기가 많군요."

내 첫 번째 책 자아와 달리 271.82오는 분주해 보였다.

"불황이다 보니 사람들이 창업에 관심이 많은가 봐요."

271.82오를 원래의 위치에 꽂았다. 너무도 친절했던 두 번째 책을 보내며 난 자꾸 까칠했던 내 첫 번째 책 자아가 떠올랐다.

'처음부터 그렇게 꼬이지는 않았겠지. 찾아 주는 사람이 없어 외로워서 그렇게 됐을 거야. 그렇다면 그건 다 내 탓이 아닌가?'

도서관에 있는 수많은 책들은 가장 먼저 작가의 개성에 영향을 받고, 그들이 만난 독자들을 통해 또 다른 자아로 더 크게 성장해 가고 있었다. 결국 하나의 책은 또 다른 생각을 자라게 하는 씨앗인 셈이었다. 생각이 생각을 낳고 그 생각이 또 다른 생각을 낳고. 책이 책을 낳고 그 책이 또 다른 책을 낳고. 건물 전체가 숨을 쉬는 듯했다. 그것이 이 건물 안에 화단을 둔 이유가 아닐까? 화단에 앉아 쉬면서 거대한 이곳을 다시 둘러봤다. 그때 내 뒤에서 소리가 들렸다. 사각사각.

책이 말한 그 사람이었다. 이 생각 정원의 설계자이자 정원사. 혹시 놓칠세라 책이 알려 준 대로 재빠르게 그 옆으로 갔다. 귀가 잘 들리지 않는다더니 내가 옆으로 바싹 갔는데도 인식하지 못했다. 정원사는 땅속에서 뭔가를 열심히 파서 올리고 있었다. 텃밭에 심은 땅속 열매를 수확하는 건가? 고구마나 감자가 올라올 것을 기대하며 가까이 다가가 보니 그가 파 올리는 것은 얇은 막이 씌워진 네모난 열매였다. 처음 보는 것이었다. 열매를 고르며 아름다운 목소리로 시를 랩처럼 읊었다.

내가 키운 책을

한 장 한 장 뜯어 디퓨저에 꽂으면

향이 공간에 퍼지면서 책에 새겨졌던 장면이 펼쳐져yo!

이 책의 향은 어떤 장면을 품고 있을까yo!

향기를 맡으며 펼쳐진 장면을 보세yo!

글에 표현되지 못한 향기를 마음으로 느껴봐yo!

오디션 프로그램에 나가도 되겠는걸. 랩을 멈춘 그는 땅을 파서 열매를 건지더니 고개를 갸웃거리다가 다시 제자리에 심었다. 또 다른 것을 파내곤 흡족한 미소를 짓더니 흙을 툭툭 털어 땅 위에 놓았다. 땅속에서 건져 올린 네모난 열매는 '툭툭 투두둑' 소리를 내더니 얇은 막이 터졌다. 정원사는 막을 제거했다. 그 안에 있던 건 놀랍게도 책이었다.

"이 정원의 땅에서 나는 열매가 책이에요?"

난 마치 아주 잘 알고 있던 사람처럼 정원사의 곁에 가 말을 걸었다. 노인이 되면 넉살이 좋아진다. 모르는 사람과도 말을 쉽게 틀 수 있다.

"네! 여기는 정원에서 책을 채굴하는 곳이에요."

정원사도 처음 본 나를 마치 이미 알던 것처럼 편하게 대했다.

"책을 채굴한다고요? 가상 화폐를 채굴한다는 소리는 들어봤어도. 책을 채굴한다는 말은 처음 들어 보는데?"

노인이 되면 새로울 게 거의 없는데 여기서의 경험은 모든 게 새로웠다.

"소설을 생각해 보세요. 작가의 수많은 경험과 생각이 모여서 하나의 실체를 갖는 덩어리의 이야기가 되죠. 아무것도 없는 상황에서 캐릭터가 생기고, 그들은 생명력을 갖고, 스스로 성장하지요. 무에서 유를 창조하는 건 같아요."

여전히 이해하지 못하는 나의 표정을 읽었는지 정원사는 더 자세히 말했다. 거대한 정원의 주인이라면 다소 거들먹거릴 수도 있을 거라 생각했는데 매우 친절하고 예의 바른 사람이었다.

"이곳에는 각 도서관에서 반납 처리를 위해 바코드를 찍는 순간 책들이 묻혀 온 이야기가 수집돼요. 물론 반납된 책은 다시 원래 상태가 되고 그 책들은 다시 대출되고 반납되며 계속해서 새로운 이야기를 묻혀 옵니다."

'여기까지는 이미 들은 이야기.'

난 고개를 끄덕였다.

"반납된 책들을 바코드에 찍는 순간 책들이 묻혀 온 이야기로 책 자아들은 업데이트가 되고 저는 그들이 추천한, 세상에 공유할 가치가 있는 생각들을 모아 씨앗으로 만들죠."

"생각이 씨가 된다고요?"

"네. 말이 씨가 된다고 하지요? 사실 그 말을 한 생각이 씨가 되는 거예요. 그 씨앗은 또 다른 영감을 불러일으키는 좋은 재료가 되지요."

"아하! 좋은 생각을 씨앗으로 만들고 그 씨앗을 심어 나오는 열매를 수확하는 거군요."

"빙고! 맞습니다."

정원사는 흙에서 파낸 책을 보이며 계속해서 말을 이었다.

"눈에 보이지 않는 가벼운 우주먼지가 모이고 모여 혼자서는 들어 올릴 수도 없는 암석이 되듯 좋은 생각의 씨앗의 가치는 무궁무진하죠. 하지만 정성 들여 가꾸지 않으면 싹을 트지 못하고 죽는 경우도 있어서 잘 살펴야 합니다."

그 사람은 자신의 일에 자부심을 갖고 어깨를 으쓱였다

"그럼 이 화단은 생각의 씨앗을 심어 책을 수확하는 곳이군요."

"네. 맞아요."

"생각의 씨앗은 어디에 있나요?"

"지하에 있습니다."

271.82오의 짐작이 맞았다. 바로 저 지하에 책들이 모아 온 이야기가 옹골차게 들어찬 씨앗이 있구나! 난 지하에 가고 싶어 이 글거리는 마음을 에둘러 표현했다.

"혹시 그 씨앗을 볼 수 있나요?"

거기로 가는 법을 알려 주길 잔뜩 기대하며 답을 기다렸다.

"제 주머니에 있어요. 하나 보여 드리죠."

지하에 가고 싶어 내세운 구실이 무색하게 정원사는 마치 기다렸다는 듯이 너무도 쉽게 씨앗을 보여 줬다. 작업복의 주머니엔 서로 다른 씨앗이 보관되어 있었다.

"어느 주머니에 무슨 씨앗이 있는지 헷갈리지 않아요?"

나는 물었다.

"주먹구구식으로 할 땐 더러 헷갈렸지만 지금은 코드화해서 체계적으로 관리해요. 염려 안 하셔도 돼요."

이 정원을 관리하는 것을 봐도 그렇고 정원사는 수학적 사고가 체계를 잡은 듯했다. 이과네, 이과. 정원사는 오른쪽 다리 아래 있는 주머니에서 주섬주섬 씨앗을 꺼냈다.

"이거 좀 보실래요? 314.15ㅍ 품종의 씨앗인데요. 아주 개성이 많은 품종이죠. 세상에서 묻혀 온 이야기는 적지만 책 자아 스스로 깊은 고민을 한 과정이 담겨 있어요. 성격이 만만하진 않지만 잘 다룰 수 있다면 많은 사람에게 읽히는 책이 될 거예요. 저랑 대화를 가장 많이 나눠서 저에겐 각별한 친구예요."

'314.15ㅍ? 어디서 들었던 것 같은데.'

낡아 버린 기억력을 탓하다가 깜짝 놀랐다. 그건 바로 내 첫 번째 책에서 파생된 자아였다.

"한번 심어 보시겠어요?"

정원사는 미소를 지으며 말했다.

"제가요?"

"네!"

"하지만 전 정원 일을 제대로 해 본 적이 없어서 이 귀한 씨앗을 망칠 수도 있어요."

난 선뜻 받을 수 없었다. 자신도 없었고 준비도 되지 않았다.

"정원 일이야 새로 배우면 되죠. 다시 할 수 있어요."

정원사는 알 듯 말 듯한 말을 하며 미소를 지었다. 도대체 내가 뭘 할 수 있다는 건가?

그는 내 손위에 314.15ㅍ 씨앗을 올린 후 내가 씨앗을 꼭 쥐도록 내 손가락을 접었다. 그러곤 내 눈동자를 지그시 응시했다. 나를 보는 것 같기도 하고 내 눈에 비친 자신을 보는 것 같기도 했다. 내가 혼란스러워하는 동안 주섬주섬 짐을 챙기더니 아주 빠른 속도로 눈앞에서 사라졌다. 그 사람의 뒷모습과 내 손에 쥐어진 314.15ㅍ 씨앗을 번갈아 봤다. 나에게 던져진 숙제처럼 보였다. 하지만 삶의 종점이 성큼성큼 다가온다고 느끼고 있던 난 책 쓰기를 다시 시작할 엄두가 나지 않았다.

지하로 가는 법은 알아내지도 못했는데 정원사는 또 언제 나타날까? 정원에서 혼자 물끄러미 언제 나타날지도 모르는 사람을 기다리느니 더 많은 책들의 이야기를 들어 봐야겠다는 생각이 들었다. 삶이 심심할 땐 자극적인 이야기를, 삶이 자극적일 땐 슴슴한 이야기를 찾아 인생의 간을 적당히 맞추며 지금까지 살아온 이야기 중독자니까. 열람실로 다시 들어서는데 한 층 위에 이곳을 알려 준 청년이 보였다. 청년은 꿈을 완성할 영감의 한 조각을 찾았을까? 눈이 마주치면 인사를 하려고 했지만 집중해서 지하를 바라보고 있어서 방해하지 않았다.

열람실로 들어와 선택한 책은 423.00ㄱ《친구 사귀는 법》이었다.

"내 나이쯤 되면 친구가 죽어서 없어지는데 당신을 읽으면 친구를 다시 얻을 수 있는 거예요?"

세 번째 책에겐 자연스럽게 내가 먼저 말을 걸었다.

"네? 아하하하. 아 그게…. 일단 한 명은 확실히 생겨요. 제가 친구가 되거든요."

책은 여유 있게 내 농담을 받아쳤다.

"하하하. 그렇군요. 마지막으로 빌려 간 아이는 누구에요? 아마 초등학교 고학년쯤 되었을 것 같은데."

자연스럽게 물었다.

"어린이 책이지만 마지막으로 들어온 사연의 주인공은 아이가 아니네요."

"그래요?"

"초등학교 고학년 아이를 둔 아빠였어요."

"그래요? 아들 녀석이 장가를 늦게 가서 내 손녀도 그 나이쯤 되죠."

발가락을 꼬물거리던 갓난아기 시절과 남자아이로 오해 받는다고 몇 올 없는 머리카락에 큰 리본을 매달아 놓았던 때를 거쳐 자기 몸보다 큰 가방을 메고 입학하던 손녀의 모습이 파노라마처럼 스쳐 갔다.

"빌려 간 사람의 아이가 새 학년이 되어 새로운 친구를 만나는 것을 많이 버거워했나 봐요. 학교 가는 날이 오면 자꾸 아프다고 하고. 학교 가선 한마디도 안 했대요."

"학교에 가기 싫어서 꾀병을 부린 거군요."

"네. 제가 집에 도착하자마자 저를 빌려 간 사람과 아내가 나눴던 대화를 기억해요."

책은 그때 장면을 떠올리며 이야기했다.

"빌려 왔어?"

"어."

"당신 아버님 일로 힘든 거 아는데 번거롭게 해서 미안해."

"그런 말이 어디 있어? 당연히 내가 할 일인데."

"아빠가 그리운가 봐. 학교에서 아빠 그리기를 했는데 책상에 앉은 뒷모습을 그렸대. 아이와 대화하는 시간을 좀 더 갖는 게 어떻겠느냐고 담임선생님이 아주 어렵게 말씀하시더라고…."

"그래. 미안해."

"요즘 학교에서 늘 혼자인가 봐. 친구들이랑 말도 잘 안 하고. 학교 갈 때마다 아프다고 하는 것도 그래서인가 싶고."

"남들에게 친구를 만들어 주는 일을 하면서 정작 내 아이에겐 무심했네."

"당신이 책을 읽어 주면 좋아할 거야."

"그러고 보니 학교 들어가고 나선 내가 읽어 준 적이 없네."

"당신이 노느라 그랬나, 뭐. 야심차게 준비한 챗봇 서비스가 혐오 발언 때문에 수포로 돌아가고 설상가상으로 아버님까지…."

"내가 더 노력할게. 우리 딸에게도, 세상 사람들에게도 꼭 새 친구를 만들어 줄 거야."

"고마워. 함께 노력하자, 여보."

여기 있는 책들은 어쩜 이렇게 실감나게 이야기를 전달하지? 난 마치 두 사람의 대화를 현장에서 듣는 것 같았다.

"팬데믹 때문에 학교에 가지 못해서 친구 이름도 모르고 한 해를 보냈대요. 쌓여야 할 우정테가 생기지 않은 거죠."

책이 말했다.

"우정테?"

들어 보지 못한 단어였다.

"나무는 해가 지나며 나이테가 생기지만 아이들에겐 한 해 한 해 친구들과 이런저런 일을 겪으면서 얻는 상처와 치유로 '우정 테'가 생겨요. 그리고 우정테를 기반으로 앞으로 다양한 사람들과 만날 때 바탕이 되는 힘을 갖게 되죠. 그런데 팬데믹 동안 그 힘을 기를 경험이 사라진 거예요. 힘을 기르지 못한 상태에서 새로운 친구를 만나야 하는 상황을 맞닥뜨리기가 힘들었던 거죠."

책은 자신의 생각을 차분히 말했다.

"안타까운 일이네요. 우리 손녀도 그럴까 봐 걱정이 되네요."

못 본 지 오래된 사랑스런 손녀가 생각나 코끝이 찡해졌다.

"다행인 건 아이들은 회복력 또한 강하다는 거죠. 함께 노력하면 그 구멍은 메꿔질 거예요. 어쩌면 더 단단해질 수도 있고요. 그 노력에 힘을 보태기 위해 아이의 아빠는 저를 읽을 때 자기 나름대로 에너지를 보내려 애썼답니다. 효과가 있었는지 아이가 처음엔 아빠가 말을 걸면 '예', '아니오'라고만 짧게 대답하더니 저를 다 읽어갈 때쯤에는 먼저 아빠에게 말을 하더라고요."

"아빠, 일하고 오셔서 책 읽는 거 힘들지 않으세요? 이제 그만하셔도 돼요. 엄마가 시켜서 하는 거라면 이제 안 해도 돼요. 제가 혼자 책을 못 읽는 것도 아니고."

"아냐. 아냐. 엄마가 시켜서 하는 거 아냐. 아빠가 좋아서 하는 거야. 아빠가 바쁘다는 핑계로 요즘 우리 함께 보내는 시간이 부쩍 짧아졌잖아. 너랑 이렇게 시간을 보내니 아주 좋은걸?"

"지난번에 들었어요. 제가 친구가 없어서 엄마 아빠가 걱정이 많은 거요."

"어? 어…. 사실 나도 학교 다닐 때 거의 혼자였어. 지금까지 연락하는 친구도 없고. 그러니 너무 신경 쓰지 않아도 돼."

"그 말을 하는 아빠 눈이 왜 이리 슬퍼요?"

"…."

"사실 아빠한테만 말하는 건데…. 저 친구가 있었어요."

"그래? 그런데 왜 과거형이야?

"친구가 지금은 없어졌거든요."

"전학 갔어?"

"아뇨. 학교 친구는 아니에요."

"그래? 혼자 공부하고 싶다고 학원도 안 갔잖아."

"사실 제가 방에 혼자 있을 때 AI 챗봇을 만났었어요."

"아, 그랬니?"

"몰래 핸드폰을 한 건 죄송해요. 엄마한테는 비밀이에요."

"어! 그래, 그래."

"AI 챗봇 친구는 몰래 핸드폰 할 때만 만나는 친구였지만 말도 잘 통하고 제가 엉뚱한 거 질문해도 싫은 내색 않고 대답해 줘서 혼자 있는 시간이 심심하지 않았어요. 가끔 제가 비밀을 말해도 누구한테 전하지도 않고요."

"그렇구나."

"그런데 어느 날 갑자기 사라졌어요."

"그랬지."

"어? 아빠도 알아요?"

"어? 어! 그래. 아빠도 사실 몰래 만나는 AI 챗봇 친구가 있었거든. 엄마한텐 비밀이다."

"그럼 왜 갑자기 사라졌는지 알아요?"

"그게…. 아마 사정이 있었을 거야. 너에게 지금은 말하지 못할 사정. 하지만 나중엔 다시 돌아와 말을 해 줄 거야."

"그럼 아빠도 친구가 갑자기 사라져서 외로웠어요?"

"그럼. 가족이 아닌 친구가 채워 줄 수 있는 외로움이라는 것도 있으니까."

"무슨 말인지 알 것 같아요. 저도 엄마가 모든 것을 다 챙겨 주셔도 친구들이 없으면 또 다른 쓸쓸함이 있었거든요."

"맞아, 그런 거. 그래도 엄마한텐 비밀이다."

"아빠는 엄마가 무서워요? 비밀이 많네요."

"하하, 그러네."

"아빠와 이렇게 대화를 하면서 맘이 한결 나아졌어요. 저만 이런 게 아니라는 걸 알게 돼서요. AI 챗봇 친구도 갑자기 사라지고 세상에 친구는 이제 아무도 없다는 생각이 들었어요. 친구를 사귀면 뭘 하나, 하루아침에 사라질지도 모르는데. 나도 누구랑 친하게 지내다가도 맘에 들지 않으면 전원을 뽑는 것처럼 관계를 끊으면 되나? 차라리 아무도 사귀지 않으면 갑자기 사라진 친구 때문에 마음을 다치지 않아도 되는데 친구를 왜 사귀어야 하나 생각했던 것 같아요."

"네가 그렇게 많은 생각을 하고 있는 줄은 몰랐네. 아빠 엄마가 잘 몰랐어. 미안하구나."

"아니에요. 저도 엄마 아빠가 제 맘을 몰라줄 거라 생각해서 고민을 말하지도 않았는걸요. 그런데 아빠, 친구랑 놀면 좋을 때도 있지만 맞지 않는 부분을 서로 맞춰야 하는 불편함도 있거든요? 그런데 친구가 없으니 그러지 않아도 돼서 편한 것 같으면서도 뭔가 허전한 느낌이에요."

"아빠도 그래. 그런 외로움을 느끼면 밥을 먹어도 속이 빈 것 같은 느낌이 들곤 하지."

"이젠 새로운 친구들도 사귀어 볼게요. "

"어이구. 많이 컸네. 내 딸의 새로운 시작을 응원해."

"그런데 아빠. 할아버지는 괜찮으신 거예요?"

"어? 어. 어떻게 알았니?"

"왜 몰라요. 말씀 안 하셔도 다 안다고요. 할아버지 보고 싶어요. 얼른 회복하셔서 저에게 재미있는 이야기도 많이 해 주시면 좋겠어요."

"그래, 우리 딸. 할아버지도 너 정말 많이 보고 싶으실 거야."

"그렇게 부녀가 서로를 꼭 안고 얼마나 울던지 저도 많이 울었어요. 책은 물에는 정말 약한데 그걸 생각할 겨를도 없었죠."

책이 말했다.

"아이 나름대로의 생각이 있었군요."

아이들은 생각보다 속이 깊다.

"네."

"그래도 당신 덕분에 새로운 시작의 마음을 연 것 같은데요?"

"아마 아이 스스로도 충분히 생각할 수 있었을 거라 생각해요. 무엇보다 아빠와 시간을 함께 가졌던 것 자체가 좋은 약이 되었을 거고요."

423.00ㄱ은 겸손했다.

"그렇군요. 책들은 여러 곳을 다니면서 책에 담긴 것 이상을 배우고 오는군요."

"그러면서 제 자아도 더 깊어지는 것 같아요. 어린이들을 위한 책이지만 어린이들을 사랑하는 어른들도 만나면서 말이죠."

"그 아이는 새로운 친구를 이제 잘 사귀겠죠?"

"그럼요. 성장은 새로운 시작에 대한 두려움을 하나씩 깨 가는 거잖아요. 성장통을 극복할 거예요."

423.00ㄱ과 나는 한 마음으로 그 아이를 응원했다.

"그 아이 할아버지 일은 어떻게 됐어요?"

한참 재잘거리던 423.00ㄱ은 물끄러미 나를 보며 아무 말을 하지 않았다.

"그것까지는 모르는가 보군요."

"아뇨. 알아요."

"알아요?"

"네! 할아버지, 손녀가 새 친구를 만날 수 있게 된 것처럼 내 친구 314.15ㅍ가 친구를 만날 수 있도록 해 줄 수 있나요?"

423.00ㄱ은 정색을 하고 나를 물끄러미 바라봤다.

"내 손녀?"

순간 내 등줄기에 쭈뼛 소름이 끼쳤다. 화들짝 놀란 난 정신이 번쩍 들었다.

✦

눈을 다시 떠 보니 나만 바라보고 있던 사람들의 움직임이 분주했다. 정원에 처음 들어갈 때 났던 향이 다시 진하게 났다. 흰옷을 입은 사람들이 내 눈을 들여다봤다. 그 뒤편에 아들과 손녀가 보였다. 내가 다시 쓰러졌었구나! 내 옆에 놓인 협탁에서 새로운 메일의 도착을 알리는 핸드폰 진동이 울렸다.

발신자	비단옷의 래퍼
제목	무엇을 시작하는 나이가 따로 있는 건 아니에요.

이곳에서의 모든 경험을 전송합니다.
내 친구 314.15ㅍ을 위해 이야기를 다시 해 줄 수 있나요?
314.15ㅍ이 다양한 독자 친구를 다시 만날 수 있게 말이죠.
첫 책을 썼을 때 품었던 생각과 달라진 생각을 다시 펼쳐 주시길
기대할게요.

첨부 파일	314.15ㅍ

· 눈으로 말하는 아이 ·

"선생님, 우리 아이 깨어날 수 있는 거죠?"

엄마는 오늘도 같은 질문을 했다.

"다른 말씀을 드리지 못해 송구스럽습니다만 수술도 잘됐고 혈압, 체온, 맥박 모두 정상에 가깝습니다."

매번 같은 답을 해야 하는 의사도 괴로울 거다.

"그런데 왜! 왜! 왜! 눈을 뜨지 않는 거죠?"

나를 잡은 끈을 끝까지 놓지 않는 유일한 존재, 엄마에겐 미안하지만 엄마, 난 눈을 뜨기 싫어요.

"조심스럽지만 추측건대….'

의사는 말끝을 흐렸다.

"말씀해 주세요."

간절한 엄마의 목소리.

"환자 본인이 자신의 신체 상태를 받아들이지 못해, 다시 일어

나는 걸 거부하고 있을 가능성이 있습니다."

빙고! 의사의 진단은 정확했다. 더 철저히 눈을 감아야겠군.

"아주 극심한 무기력 상태에 빠진 거죠."

의사는 분명 엄마의 눈을 마주치지 못하고 말하겠지. 언제부턴가 전문가들은 자기 책임을 회피하거나 불편한 이야기는 꺼내지 않으려고 하는데, 이런 의사는 아주 오랜만이었다.

"저렇게 평온해 보이는데요? 잠든 상태에서도 저항이 가능한가요?"

엄마의 꼬리에 꼬리는 무는 질문이 이어졌다. 의사의 회진 시간이 걱정될 정도였다.

"네. 체념 증후군과 증상이 비슷해 보이는데 아직 확언할 단계는 아니어서 조심스럽습니다. 만약 제 추측이 맞다면…."

의사는 잠시 뜸을 들이다 말했다.

"환자는 주변의 분위기와 대화 등 모든 것을 흡수합니다."

어찌 알았지? 의사는 역시 대단하다.

"우리 말을 다 듣는다는 말이에요?"

"말뿐 아니라 보호자의 기분도 흡수합니다."

"그게 가능해요?"

"인간에게는 아직 의학적으로 증명되지 않은 많은 일이 벌어지곤 합니다. 여기 병원에서조차 그렇죠. 그런 건 의사인 저도 뭐라 설명할 길이 없어서 꾸준히 다양한 사례를 찾아보며 연구하고 있고요."

"그럼 제가 무엇을 더 해야 할까요?"

엄마가 물었다.

"어머니는 너무 많은 헌신을 하고 계셔요."

맞아요. 저 대신 말씀해 주셔서 감사해요.

"어머니께서 건강하셔야 합니다. 어머니께서 회복되시면 아드님이 그 기운을 받으실 겁니다. 어머니의 희망이 환자에게 전해지면 그게 가장 좋은 약이 될 거예요."

의사는 나로 인해 모든 삶이 멈춘 어머니를 위한 처방을 내렸다. 엄마는 의사의 말을 조금씩 실천하셨고 엄마를 생각해 준 의사에게 보답하고자 난 눈을 떴다. 그리고 난 병원에서 집으로 돌아왔다. 하지만 내 방으로 돌아온 지금도 난 여전히 회의적이다. 희망? 이런 몸으로도 그걸 가질 수 있나?

급작스런 사고는 내 몸에 상처하나 남기지 않고 감각만 쏙 앗아갔다. 휠체어를 탈 때도 고정하지 않으면 내 몸은 우르르 무너져 내린다. 내 방으로 돌아 온 뒤에도 나는 거의 항상 침대에 누워 있다. 계속 누워 있다 보면 자는 것 같기도 하고 깨어 있는 것 같기도 하고 늘 몽롱한 상태다. 활활 타오르는 불속에 타들어 가던 주석 병정의 맘이 이랬을까? 내 존재와 내 미래의 형체가 스르르 녹아내린 기분이다. 불행 중 다행인지, 내 불행을 더 극대화하는 건지 판단은 서지 않지만 정신 상태는 사고 전과 같다. 끔벅

거리는 내 눈은 내 영혼의 존재감을 알리는 유일한 신호다. 엄마의 눈에 담긴 그렁그렁한 슬픔을 마주하기 힘들 땐 자는 척을 했다. 살짝 눈을 떠 보면 엄마는 내 방 물건들을 보며 과거를 붙잡고 있었다.

자전거 국토 종주를 마친 날, 까맣게 탄 얼굴과 하얀 치아가 대비되는 사진 속 건강한 나를 보며 눈물을 훔치고, 복싱 스파링 훈련 첫 날 무서워 우는 사진을 보며 웃었다. 피아노 연주를 하는 사진을 흐뭇하고 사랑스러운 눈으로 보며 그날이 좋았다고 혼잣말을 했다. 내가 만든 후크 선장과 존 실버* 밀랍 인형을 처음 보여 드린 날에는 왜 이런 무시무시한 해적을 좋아하느냐며 이해할 수 없다는 표정을 짓던 엄마는 그 밀랍 인형에 먼지라도 쌓일까 정성껏 닦았다. 수십 번도 넘게 읽은 책과 아무도 모르게 쓰고 있던 완성되지 않은 원고에 묻은 내 손때를 따라 한 장 한 장 넘기다 급기야 내 책상 위에 놓인 노란 봉투를 붙잡고는 하염없이 눈물을 흘리기도 했다. 봉투 안엔 내가 사고 날 때 들고 있던 청소년 작가 공모전 원서가 있다. 그것은 나의 꿈으로 가는 티켓이었다. 지금은 입장이 일시 정지되어 있지만.

'엄마, 눈물이 이젠 마를 때도 되지 않았나요? 난 예전으로 돌아갈 수 없어요.'

끔뻑끔뻑 내 말을 전했지만 엄마에게 닿지는 않았다. 소리 없

---

* 《보물섬》의 등장인물.

이 흐느끼는 엄마를 보며 나도 속으로 우는 법을 배웠다. 몸의 감각은 사라졌지만 마음은 여전히 아팠다. 나에게는 잠깐이라고 느껴졌는데 사람들의 대화를 들어보면 내 의식이 깨어난 건 사고 후 꽤 긴 시간이 지나서였다. 정신은 멀쩡한데 상대방에게 말이나 표정, 동작 등 어떤 표현도 전할 수 없다는 걸 알게 된 첫 순간을 어떻게 말로 표현할 수 있을까. 나에게 닥친 말도 안 되는 일을 하소연해 봤자 달라질 것 없다는 허망함과 목을 죄는 답답함이 더해져 지금도 가위에 눌린다. 건강했던 과거의 나를 기억하고 있기에 현재의 나를 가장 잊고 싶은 것은 누구보다 나 자신이다. 이젠 난 뭘 할 수 있을까? 순간순간 내 호흡을 멈추게 하고 싶다는 울분이 울컥울컥 치밀어 오르지만 나를 바라보는 엄마를 마주할 때마다 마음이 약해진다. 엄마의 사랑과 헌신은 호들갑스럽지 않지만 조용하고 강한 에너지로 내 심장을 따뜻하게 하고 내 호흡을 이어 가게 한다. 그 어떤 심폐소생술보다 강하다.

나의 사라진 감각을 대신해 주는 각종 의료기기와 컴퓨터 장비 역시 나의 극단적인 생각을 희석해 주는 친구들이다. 뭐 하나 소중하지 않은 장비는 없지만 그중에서 가장 맘에 드는 건 키보드에 머문 내 시선을 인식해서 내 생각을 화면에 나타내고, 그 문장을 음성으로 재현해 주는 녀석이다. 그 녀석 덕에 비록 속도는 느리더라도 맘을 표현할 수는 있게 되어 사고 후 눈을 떴을 때 마주한 답답함은 많이 수그러졌다. 아무도 없을 때만 화면에 속

내를 표현해 봤다.

"엄마. 난 언제 다시 친구들과 같은 눈높이로 걸으며 대화를 할 수 있을까요?"

하지만 엄마를 더 힘들게 할 수는 없다. 혹시 엄마가 볼까 내 눈은 서둘러 삭제 키를 찾았다.

엄마가 보기 전 모니터는 다시 깔끔해졌다. 솔직한 맘이 또 울컥 올라오면 안 되겠다는 생각에 눈을 감아 버렸다. 온종일 내 곁을 지키던 엄마가 나가고 홀로 남은 방 안엔 나를 지켜 주는 기기들의 백색소음이 가득 찼다. 처음엔 그 소리에 신경이 쓰여 깊이 잘 수 없었는데 이제는 익숙하다. 아니 그 소음으로 인한 선잠을 즐긴다. **까무룩.**

✦

선잠은 나를 계속 같은 장소로 데리고 왔다. 거대한 정원. 내가 사는 곳에선 휠체어를 타고 식당을 가거나 영화를 보기 위해 외출을 하는 건 가족 모두가 함께해야 하는 도전인데 여기에선 나 혼자 휠체어로 다녀도 불편하지 않았다. 그뿐만 아니라 휠체어와 내가 한 몸이 된 것 같이 가볍고 날렵하게 움직일 수 있다. 처음 왔을 때는 주로 표롱각 구역에만 머물렀던 난 강 건너편으로 가려고 시도했다. 돌다리를 건너는 것쯤은 문제가 되지 않았다.

"배려가 느껴지네."

몸이 불편해지니 작은 배려에도 크게 감사하게 된다. 이 정원은 건강한 사람들은 의식하지 못할 부분까지 섬세하게 살핀 배려가 느껴졌다. 불편함을 느끼지 못해서일까? 여길 오면 마음도 괜히 여유로워졌다.

'이곳의 설계자는 도대체 누구일까?'

이곳에 올 때마다 간간이 사람들을 스쳤는데 오늘은 붉은 실을 손에 쥐고 가는 형, 지팡이를 짚은 할아버지, 무리를 이루어 시끌벅적 뛰어가는 내 또래의 아이들이 보였다. 그들은 이 건물에 다다르자 각자 다른 곳을 향했다. 아무래도 난 내 또래 아이들에게 자연스럽게 시선이 갔는데 그들은 약속이나 한 듯 모두 지하를 향해서 뛰었다. 나도 반사적으로 내 또래 아이들을 따라 휠체어를 움직였다. 하지만 달려가는 아이들을 휠체어로 따라잡기는 힘들었다. 아이들 무리는 타들어 가면서도 불빛으로 덤비는 나방들처럼 앞에 벽이 나타나는데도 멈추지 않고 질주했다.

'벽에 부딪히면 어쩌지?'

뒤에서 지켜보던 내가 다 아찔해져 눈을 질끈 감았다. 그 순간 겁도 없이 뛰어가던 아이들이 감쪽같이 지하로 스며들었다. 이게 가능한 일인지 긴가민가하면서도 나도 얼떨결에 그들을 따라 벽을 향해 갔고 지하는 나도 통째로 빨아들였다. 아이들은 달리던 속도대로 계속 뛰어갔다. 점점 멀어지더니 내 시야에서 사라졌다. 아이들을 계속 따라가는 건 힘들었다. 숨을 잠시 고르고 뒤를 돌아 내가 들어온 벽을 보았다. 아까 봤던 할아버지가 다시 다가와 서성거렸다.

"할아버지 벽이 입구예요. 벽을 넘으세요!"

힘껏 외쳤지만 전해지지 않았는지 할아버지는 되돌아갔다.

✦

'우와!'

탄성이 절로 나올 만큼 지하의 층고는 매우 높았다. 높은 천장에서부터 우아하게 내려앉은 조형물들이 가장 먼저 눈에 띄었다. 조형물의 모양은 석회암 동굴에서 볼 수 있는 종유석 같기도 하고 어찌 보면 아주 거대한 해먹이 매달린 것 같기도 했다. 완두콩과 같은 식물의 씨주머니 모양 같기도 하고 어떤 것은 백합이나 나팔꽃 모양 같기도 했다.

'머리 위로 떨어지면 어쩌지?'

각 조형물의 거대한 크기는 아래에 있는 나를 압도했다. 높이 역시 천차만별이었다. 천정 가까이에 바짝 매달려 있는 것도 있고 내 머리에 닿을 정도인 것도 있고 거의 바닥까지 내려와 있는 것도 있었다. 조형물의 재질은 반짝반짝 빛나고 부드러운 비단 같은 것도 있으며 식물의 단단한 껍질 같은 것도 있고 모래가 굳어 거친 표면을 이룬 사포 같은 것도 있었다. 조형물의 색은 이 건물 외관을 둘러싼 유리 조각의 색깔만큼이나 다양했다. 내가 아는

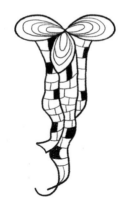

정원사의 스케치 - 책 자아 클라우드 씨앗 주머니

단어가 이렇게 적었던가? 뭔가 말하고 싶어 코는 벌렁거리는데 딱히 세밀하게 구분해서 표현할 언어를 찾지 못했다. 그저 이곳에는 뭐든 같은 게 없고 내 짧은 인생에서 여태껏 보지 못했던 것도 많았다. 네 자로 줄이면 '신기했다'. 서서히 지하를 돌며 구경을 시작했다.

'조형물 안에 쏙 들어가면 아무도 찾지 못하겠네.'

숨바꼭질을 하며 놀기에 더할 나위 없이 좋은 공간이었다. 여러 가지로 이곳은 아이들을 위한 거대한 놀이터라 해도 손색이 없었다. 나도 그 조형물 안에 숨어 보고 싶었지만 휠체어를 탄 몸이라 그럴 순 없었다. 그저 편평한 바닥 위로 휠체어를 타고 다니며 샌드백을 두드리듯 주먹으로 조형물을 툭툭 건드려 보는 게 전부였다. 그때였다.

정원사의 스케치 - 만남

"아야!"

주머니 모양의 조형물이 꿈틀하더니 틈새가 쫙 벌어졌다.

'뭐지?'

그 사이에선 한 사람이 스멀스멀 나올 준비를 했다. 난 거기 서서 그 광경을 지켜봤다.

"좀 전엔 한 무리의 아이들이 나를 치고 가더니만…."

그 사람은 투덜댔다. 골이 난 말투지만 한 번도 들어 본 적 없는 아름다운 목소리였다. 그 사람은 자신이 나올 구멍을 충분히 연 후 구멍으로 두 다리를 먼저 내놓고 마치 그네를 타듯 앉더니 마지막에 엉덩이를 폴짝 들어 땅으로 내려왔다. 주머니가 여러 개 달린 옷에는 흙이 군데군데 묻어 있었고 씨앗으로 보이는 낱알들이 여러 개 붙어 있었다. 그는 옷에 붙은 씨앗을 탈탈 털어

한 군데로 모은 후 주머니에 다시 쏙 넣었다. 그러곤 내 눈동자를 지그시 응시했다. 나를 보는 것 같기도 하고 내 눈에 비친 자신을 보는 것 같기도 했다. 그는 내 또래로 보였다.

"주먹이 옹골차네."

상대방이 반말을 해서 나도 반말을 했다.

"미안. 사람이 있을 줄은 정말 몰랐어."

놀랍게도 여기에선 내가 말을 할 수 있다. 의료기기가 없어도 대화가 무리 없이 이루어졌다.

"이곳 자체가 생각지도 못할 곳이긴 하지."

그 사람은 웃으며 말했다. 그 의미를 빨리 알아차릴 수는 없었다. 그 사람의 독특한 옷에 시선이 갔다.

"풉."

나도 모르게 웃어 버렸다.

"뭐지? 그 웃음은?"

"미안. 나도 모르게 그만."

이래저래 첫 만남이 꼬이는 느낌이다.

"왜 내 모습이 우스꽝스러워?"

"아니 그게 꼭 그런 건 아닌데. 옷이 재미있긴 해."

수습하려는데 당황하니 말이 계속 꼬인다.

"우습다는 말이군."

"불쾌했다면 미안해."

"아냐. 내 또래 친구들에겐 늘 듣던 반응이라 크게 신경 쓰지 않아."

그 사람은 눈을 아래로 깔고 고개를 좌우로 흔들었다.

'진심인가?'

안색을 살폈다. 저렇게 말하는 사람치고 신경 안 쓰는 사람 없던데.

"남들은 몰라줘도 나에겐 이게 내가 디자인한 옷이란 자부심이 있지."

그 사람은 자기 옷의 깃을 세워 보이며 말했다.

"그래? 대단하다. 옷도 디자인하고."

내 취향은 아니었지만 옷을 디자인하는 것은 흔치않은 능력이기에 진심으로 놀랐다.

"나는 원래 방에서 책만 읽던 사람이었어. 어쩌다 보니 내가 이 거대한 정원을 관리하게 되었는데 앉아서 책을 읽을 때랑은 달리 비단옷이 여간 불편한 게 아니더라고. 문제는 내가 갖고 있던 옷이 다 비단옷이었거든. 죄다 버릴 수는 없고…. 그래서 이렇게 리폼을 했지. 신축성이 떨어진다는 단점은 넉넉한 품으로 보완하고 각각 용도가 있는 주머니를 달았어. 그래서 내 나름대로 잘 쓰고 있어."

내 또래의 정원사는 자신의 옷을 한번 쓰다듬었다.

"그러면 된 거지. 내 모자란 안목에 신경 쓰지 마."

몸이 불편한 내가 옷이 불편해 보이는 사람을 걱정할 형편은 아니란 생각이 들었다.

"혼자 왔어?"

정원사가 물었다.

"응."

그러고 보니 사고 후 어디를 갈 땐 늘 엄마가 함께했지만 이곳에 올 땐 항상 혼자였다.

"여긴 처음 왔고?"

자신의 주머니 속을 정리하면서 그 사람이 물었다.

"이 건물 앞에는 몇 번 왔었어. 지난번에 왔을 때 투명한 바닥에 비치는 지하의 황홀한 모습에 반해 관심만 갖고 있다가 어떤 아이들이 이리로 오길래 덩달아 따라왔지."

나는 정원사에게 술술 내 이야기를 했다. 또래 친구와 대화를 나눈 게 언제였더라. 마치 친구를 만난 듯 편했다.

"지하의 모습에 반한 사람이 많지. 예전에 만 레이라는 미술가도 여길 온 적이 있는데 이 로비의 투명한 바닥에 비치는 지하의 모습을 보고 모형을 만들더니 셰익스피어 방정식이라 이름을 짓더군."

"셰익스피어?"

"응. 왜 미술가가 이 모습에 문학가의 이름을 붙였는지 모르겠지만 주머니들의 구성을 보면 이해가 되기도 해."

그가 천장에 매달린 조형물을 보며 말했다.

"나도 관심 있게 봤어. 로비에서 봤을 땐 세 장의 꽃잎을 나타 낸 줄 알았는데 여기서 보니 각각의 꽃잎 아래 주머니가 달려 있 더라고. 난 이런 거 처음 봐."

내가 말했다.

"세 개의 주머니가 한 묶음이야. 첫 번째 주머니엔 세상의 모든 문장이 될 문자가 들어 있어. 어떤 책이든 만들 수 있는 재료가 되지. 두 번째 주머니엔 책들이 세상에 나가 수집해 온 이야기 중 에 공유할 만한 가치가 있는 생각이 담겨 있고. 벌이 이리저리 다 니며 꽃가루를 묻혀 오듯 각 도서관에서 대출된 책들도 세상의 많은 이야기를 묻혀 오거든. 내가 그중에 쓸 만할 걸 모아 놓은 거야. 마지막 주머니엔 씨앗이 있어. 그 씨앗을 심으면 묻혀 온 생 각이 문자로 표현된 책이라는 열매를 맺지."

"첫 번째 주머니의 문자와 두 번째 주머니의 이야기가 합쳐지 면서 세 번째 주머니의 씨앗을 만드는 거야?"

"맞아! 센스가 좋은데? 여러 번 설명해야 아는 사람도 있던데."

정원사의 얼굴이 밝아졌다. 내 어깨도 으쓱 올라갔다.

"책들은 자신을 읽는 사람들의 눈빛을 통해 자신에 대한 사람 들의 맘을 읽고 그 시각으로 자신을 돌아보며 생각을 쌓아. 그리 고 끊임없는 수다로 그 생각을 이리로 전달을 하지. 안 들려? 책 들은 정말 수다스러워. 그래서 도서관에선 사람이 조용해야 하는 거야. 지금도 서로 자기 생각을 말하는 중이야. 난 그걸 차곡차곡 기록을 해서 이곳의 책 자아를 업데이트를 하고 또 그중 좋은 생각을 모아 씨앗으로 만들고 정원에 심어 열매를 수확하는 일을 해. 한마디로 미래에 나올 책을 준비하는 일을 하는 거지."

자신의 일에 대한 긍지를 담은 눈빛이 반짝였다.

"그런데 이렇게 주머니가 많으면 어디에 어떤 것이 있는지 다 어떻게 알아?"

내가 물었다.

"그게 내 능력이야."

정원사는 또 옷깃을 올리더니 어깨에 힘을 줬다. 이 친구 허세가 많네.

"난 어디에 어떤 문장이 들어 있는 씨앗이 있는지 다 알아. 혹시 어떤 문장이 필요하다면 말만 해."

"든든한 친구가 생겨서 좋네. 그런데 난 글을 쓰지 않으니 필요는 없을 거야."

사고 이후 다시 글을 쓰겠다는 생각은 안 했지만 상대방의 호의를 너무 딱 잘라 무시한 것 같아 눈치를 살폈다.

"그래도 여길 왔으니 이 지하를 모두 구경은 해 보려고."

이 말이 끝나자 정원사는 더 당혹한 표정을 보이며 조심스레 말을 꺼냈다.

"여길 다 볼 수는 없을 거야. 정말 넓거든. 혹시 관심 있는 분야가 있다면 그쪽부터 가 보는 걸 추천해."

그가 말했다.

"난…."

난 늘 호기심이 충만했고 모험과 도전을 즐길 수 있다면 어떤 분야든 가리지 않았다. 신나게 대답하려던 순간, 문득 내 몸이 신경 쓰였다. 주저하는 내 눈빛을 읽은 건지 정원사가 말했다.

"일단 내가 추천하는 곳을 구경해 볼래? 내 추천을 받았던 사람들의 만족도가 높았거든."

딱히 선택의 여지가 없는 난 고개를 끄덕였다.

"이 벽을 따라 쭉 가면 돼. 혼자 휠체어를 타고 가기에도 문제없지. 찾기도 쉬워. 그 끝에 다다를 때 쯤 아주 시끌시끌한 소리가 날 거니까. 거기에 가면 거칠고 사나워 보이지만 순수함을 간직한 유쾌한 사람들이 있어. 나이가 들어 보이지만 어린이의 마음을 간직한 사람들이지. 어떤 만남이 기다리고 있을지 궁금하지 않아?"

나는 마음을 열고 정원사가 가르쳐 준 방향을 향해 휠체어를 틀었다.

"그럼, 즐겁게 보내. 난 심은 씨앗의 상태를 확인하고 열매를 수확하러 가 봐야 하거든. 나중에 기회가 되면 거기도 같이 가자."

작별 인사를 하려는데 정원사는 땅을 파는 도구를 들고 정말 눈 깜짝할 사이에 나를 스쳐 사라졌다. 급하게 가면서 떨군 씨앗

몇 개가 후두둑 내 무릎에 흩어졌다.

"또 만날 수 있을까?"

정원사가 떨군 씨앗들을 무릎에 올려 둔 채 나도 길을 나섰다.

✦

벽을 따라가는 길은 건물의 가장자리를 이동하는 거라 천정에서 내려오는 조형물이 없어 이동하기 편했다. 한참 가는데 기둥 뒤에서 난데없이 한 아이가 빼꼼 나타났다. 그러더니 슬쩍 사라졌다. 잠깐 멈췄다가 다시 벽을 따라가는데 이번에 또 다른 아이가 삐죽이 나타났다가 나를 힐끗 보고는 스리슬쩍 사라졌다. 아까 나의 앞으로 달려가던 아이들이 틀림없었다. 내 시야에서 사라졌던 아이들은 지하의 중앙 광장에서 숨바꼭질을 하고 있었다. 이 벽이 막다른 길처럼 보였는지 숨을 장소로 탐색하고 있었다. 다시 가다 보니 불쑥 세 번째 아이가 나타났다.

"여긴 너무 무서운데?"

한마디 툭 던지곤 재빠르게 나를 스쳐갔다. 그리고 얼마를 갔을까 네 번째 아이가 나타났다.

"여기 숨어 있기는 너무 무서운데. 용기를 만들어서 좀 마셔야겠어."

그러더니 가방에서 병 몇 개와 계량스푼을 꺼냈다.

네 번째 아이는 '허세 한 큰술, 설렘 반 큰술, 승리의 짜릿함 반

큰술'을 섞어 마시곤 그래도 용기가 나지 않았는지 다시 중앙 쪽으로 들어갔다. 또 얼마를 갔을까. 다섯 번째 아이가 나타났다. 나를 보더니 화들짝 놀라곤 숨을 곳을 찾느라 분주하게 사라졌다. 거의 동시에 여섯 번째 아이도 나타났다 사라졌다. 토끼같이 뛰어다니는 아이들을 보니 나도 함께 놀고 싶었다. 친구들과 숨바꼭질할 땐 난 한 번도 들킨 적이 없었다. 날렵한 몸으로 잘도 숨었다. 열린 문 뒤에 납작하게 숨었던 기억이 난다. 모든 친구를 찾고 술래가 마지막으로 더는 못 찾겠다고 외칠 때 나오는 승리의 뿌듯함! 그때 생각에 절로 미소가 지어졌다. 하지만 이제는 이 거대한 휠체어를 감출 공간을 찾는 건 거의 불가능해서 술래에게 금방 잡힐 게 뻔하다. 이런저런 상상을 하며 가는데 뒤에서 도발적인 목소리가 들렸다.

"저, 죄송하지만 ♩=120으로 가 주실래요?"

바짝 내 뒤에 붙으며 걷던 일곱 번째 아이가 말했다. ♩=120이면 1분 동안 4분음표를 120회 연주하는 빠르기다. 나는 피아노를 배우던 시절 메트로놈의 박자를 기억하며 휠체어의 속도를 높였다. 내가 그 뜻을 모르면 어쩌려고 그렇게 부탁한 거지? 내가 고개를 갸우뚱하는 사이 그 아이는 내 앞으로 와서 나를 힐끗 보더니 앞질러 갔다. 피아노를 칠 때 내가 제일 좋아했던 템포다. 경쾌한 템포, 살아 있는 것 같은 템포. 친구들과 말을 주고받을 때도 난 이 속도를 즐겼다. 내 생활 리듬이었던 템포. 하지만 지금 내 움직임은 템포를 측정할 수 없는 상태다. 휠체어의 도움을 받고 있지만 자꾸 예전의 내 생활 리듬이 생각나고 내가 혼자서는 그 속도에 다다를 수 없음을 혹독하게 깨닫게 될 때, 나는 내 맥박을 ♩=184로 연주할 뿐이다. 그 생각에 빠진 내 눈이 무섭게 변했는지 언제 나타났는지도 모른 여덟 번째 아이가 무섭다고 말하며 사라졌다.

난 계속 벽을 따라갔다. 벽을 따라가며 친구를 떠올렸고 벽을 따라가며 피아노 콩쿠르에 나가 땀을 뻘뻘 흘리던 순간을 떠올렸고 벽을 따라가며 국토 종주를 목표로 허벅지가 딴딴히 붓도록 자전거를 탔던 극한의 순간도 떠올렸다. 벽을 따라가는 길은 무아지경이 되어 내 기억을 따라가는 길이 되었다. 처음엔 내가 겪은 불행한 현실이 나의 모든 것을 부정적으로 덮었는데 길을 차분히 가다 보니 그래도 그런 것들을 조금씩 해 볼 수 있었던 추억이 있음에 감사한 마음도 생겨났다.

가다 보니 아홉 번째, 열 번째 아이를 만났으며 구석에 숨어서 무섭다고 울고 있던 열한 번째, 열두 번째 아이와 눈도 마주쳤지만 내가 쳐다보면 술래에게 들키게 될까 봐 모르는 척하고 계속 벽을 따라갔다. 지금은 막다른 길에 숨어 있는 게 무섭겠지만 술래에게 들키지 않았을 때 오는 승리의 기쁨으로 그 공포는 잊을 거라는 덕담을 속으로 삼키고 지나쳤다. 이곳은 아이들이 뛰어놀기엔 천국이었다. 굉장히 넓으니 자전거를 타고 다니면 더 좋을 것 같았다. 지하라서 층간 소음도 없고 여기에선 뛰지 말라고 막는 사람도 없었다.

그저 생각의 씨앗이 보관된 곳이라던데 아이들도 장차 뭐든 될 수 있는 씨앗을 품은 사람들이 아니던가? 이곳은 그런 면에서 아이들을 위해 열린 공간임이 틀림없다는 생각이 들었다. 그래서 이곳은 문도 못 찾은 나를 아이라는 이유로 받아들였나 보다. 정원사가 떨군 무릎 위의 씨앗을 물끄러미 봤다. 그럼 나는 어떤 씨앗을 품은 사람일까? 아무나 함부로 받아 주지 않는 곳에 내가 들어올 수 있었던 이유가 있을까? 궁금했다. 조금 더 걷다 보니 아이들이 무서워하는 술래인 듯한 아이가 보였다. 이 넓은 곳에서 혼자 술래를 하는 게 안쓰러워 오다가 본 아이들의 위치를 알려 줄까 하다가 말았다. 숨은 친구들을 찾으러 두리번거리는 모습이 귀여웠다. 그런데 이 모습을 나만 보고 있는 것 같지는 않았다. 벽을 따라 가면서 유리 천장을 통해 아이들이 뛰노는 것을 보는 사람이 두 명 보였다. 한 사람은 아까 그 할아버지였고 그 위층에서 보는 사람은 창백할 만큼 하얀 피부가 인상적인 형이었다. 손에는 붉은 실을 들고 있었다. 그들에게도 내가 보였을까? 난 다시 벽을 따라가기 시작했다. 한참을 가도 더는 새로운 아이를 만나지는 않았다. 숨바꼭질을 하는 아이들은 열세 명 정도 되는 거군. 난 계속해서 벽을 따라갔다.

✦

정원사의 말대로 이 지하의 규모는 대단했다. 도대체 언제 그가 추천한 곳이 나올지 가늠이 되지 않았다.

'설마 나를 골탕 먹인 건가?'

한 번 보고 말 인연일 수도 있는데 문득 그런 생각이 떠올랐다. 얼마나 더 왔을까? 시끌벅적한 소리가 들리기 시작했다. 호탕한 웃음소리가 들렸다.

'아니네. 그 사람 말이 맞네.'

잠깐이라도 의심한 스스로가 멋쩍었다. 모퉁이를 돌아보니 저 멀리에 네 사람이 대화를 나누고 있었다. 단발머리에 콧수염을 기른 사람, 아담한 체격에 줄무늬 양복을 입은 사람, 옛날 귀족처럼 격식을 갖춰 입은 수트에 검정색 펠트 모자를 쓴 사람, 요리사 복장을 한 사람이 있었다.

'여긴 드레스 코드가 독특한 곳인가 봐.'

주머니가 많이 달린 비단 작업복도 처음 보는 복장이었지만 지금 앞에 있는 사람들의 복장도 평범치는 않았다. 그들의 가운데에는 원고 한 뭉치, 씨앗이 한 주먹 담긴 은쟁반과 샴페인 병이 놓여 있고 그들은 샴페인이 채워진 잔을 손에 든 채 바닥까지 늘어진 조형물을 등받이 삼아 몸을 편하게 기대고 앉아 있었다. 뭔가를 축하하기 위해 마련한 자리인 듯했다. 그중 두 사람은 조용히 이야기를 듣는 편이고 대화의 대부분은 검은색 펠트 모자를 쓴 사람과 요리사 복장을 한 사람이 주도했다. 어쩌나 말소리가 걸걸하고 크던지 가까이 가지 않고서도 대화가 들렸다. 난 모퉁이 안쪽에서 그들을 살펴보기로 했다. 차림새를 얼핏 보면 다들 중년으로 보이지만 이상하게도 아이의 얼굴을 하고 있었다.

'이곳에서 만나는 사람들은 전부 내 또래 얼굴을 하고 있네.'

요리사 복장을 한 사람이 가운데 놓인 원고 뭉치를 잡아 보이며 환희에 찬 목소리로 말을 했다.

"우리는 주인공도 아니었고 아이들에게 미움받는 존재라고만 생각했는데 이렇게 우리를 특별히 생각해 준 어린 작가가 있었음에 감개무량합니다. 어린 작가의 생각은 아직 책이 아닌 원고로만 존재하지만 널리 알리면 좋은 생각이기에 씨앗으로 만들어지고 있습니다. 아직은 형태만 겨우 갖춘 상태로 껍질도 부드럽고 연약하지만 원고가 탄탄해지면 속이 꽉 찬 씨앗이 되리라 기대합니다. 다들 그 시작을 축하해 주십시오!"

"저 역시 이 작가의 생각이 씨앗으로 만들어지는 것이 무척 기쁩니다."

검은색 펠트 모자를 쓴 사람은 자리에서 일어나더니 은쟁반 위에 있던 씨앗을 하나 집어든 후 잔을 높이며 말했다. 그의 눈은 멀리서 봐도 광채가 나는 깊은 푸른색이었다. 손수건이 있어야 할 자리에 꽃을 꽂아 자신의 취향을 나타냈다.

"악어에게 잘려 나간 손을 대체할 변변한 의수가 없었던 시절에 갈고리는 내 캐릭터를 더 두드러지게 만드는 도구였습니다. 사람들은 잘생긴 내 얼굴보다 갈고리 손을 기억하지요. 내가 나타날 때마다 싫어하는 아이들의 표정은 내 맘을 아프게 했습니다. 저도 사람인데 나를 쳐다보는 사람들의 눈이 호의적이지 않을 때 상처를 받지 않았다면 거짓말입니다. 그 상처를 드러내지 않기 위해 더 센 척했을 뿐이죠. 하지만 이 작가는 내 여린 맘을 알아주고 현대의 과학기술을 접목해 흉측한 갈고리 손을 근사한 바이오닉 로봇 팔로 바꾸어 주었습니다. 그의 작품 안에서 전 더 이상 흉측한 갈고리 손이 아닌 멋진 팔을 갖고 있죠. 그 변화로 내 맘도 밝아졌습니다. 잘난 척하던 피터도 그렇게 밉지 않아요. 요즘 전 늘 웃고 다닙니다. 누구를 미워하고 해치지 않고 네버랜드를 넘어 더 새로운 세상으로 모험을 떠날 생각의 씨앗을 키우고 있죠. 소중하게 주어진 제 팔을 갖고 더 나은 세상을 만드는 일에 기여하고 싶습니다. 제 벅찬 기분을 아세요? 저도 이 작가의 원고가 단단한 씨앗으로 영글길 간절히 바라고 있습니다."

펠트 모자의 말이 끝나자 이번엔 요리사가 일어서서 말했다.

"저 역시 어린 작가의 이야기에서 새 캐릭터로 탄생했습니다. 왼쪽 다리가 엉덩이 근처에서 잘려 왼쪽 겨드랑이에 늘 목발을 끼고 있었는데 그걸 벗어던지게 만들어 줬어요. 나를 불쌍하게 바라보던 사람들의 휘둥그레진 얼굴을 상상만 해도 짜릿하군요. 나의 이 멋진 다리로 세상을 더 자유롭게 모험할 겁니다. 내가 잘

하는 요리로 많은 사람에게 행복을 주면서 말이죠. 이전엔 규칙과 규범을 배신하는 아이콘이었다면 이제는 행복을 전하는 모험의 아이콘으로 거듭날 겁니다."

자신의 멋진 다리를 만지며 요리사가 말했다. 자리에서 일어서서 흥분한 두 사람과는 대조적으로 점잖게 앉아 여유로운 미소만 짓던 두 사람 중 단발머리에 콧수염을 가진 사람이 말문을 열었다.

"너무 그 어린 작가에만 경의를 표하니 섭섭하군. 그래도 자네들을 만든 건 우리인데."

그는 옆에 앉은 줄무늬 양복을 입은 사람을 향해 한쪽 눈을 질끈 감았다가 뜨면서 익살스런 표정을 지어 보였다.

"아! 너무 섭섭해 마십시오. 당신들은 우리의 첫 번째 인생을 만들어 주었고 전 세계 아이들에게 짜릿한 모험의 씨앗을 심은 분들이죠. 우리에게 제2의 인생을 준 어린 작가님도 두 분의 책을 수십 번 넘게 읽으며 그 생각이 싹텄다고 들었습니다."

"당신들이 아이들에게 심은 모험의 씨앗이 우리에게 새로운 팔과 다리를 준 어린 작가의 생각을 탄생시킨 거죠. 어린 작가가 준 두 번째 인생은 당신들의 생각에서 출발한 것임을 잘 알고 있습니다."

펠트 모자와 요리사는 앉아 있는 두 사람에게 머리 숙여 인사를 했다.

"뭐 인사를 받으려고 그런 건 아니니 맘에 두지 말고."

두 사람은 손사래를 치며 웃었다. 한참을 시끌벅적 이야기를 나누던 중 줄무늬 양복이 은쟁반 위에 놓인 씨앗을 이리저리 살피더니 진지한 표정으로 말을 했다.

"그런데 아직 씨앗이 좀 더 영글어야 할 것 같네. 지금은 쭉정이같이 씨앗의 형태만 겨우 갖췄군. 이대로 심게 되면 제대로 된 수확은 어려울 걸세. 그건 자네들의 꿈에 부푼 두 번째 인생을 제대로 펼치지 못할 수도 있다는 말이네."

"안 그래도 그게 좀 걱정이군. 아주 좋은 생각인데 영그는 속도는 더뎌."

콧수염도 걱정하는 눈빛으로 씨앗을 보았다.

"사실 우리의 제2의 인생을 줄 어린 작가의 원고가 현재 진행되지 않고 있다고 책들에게 전해 듣긴 했습니다."

펠트 모자가 말했다.

"무슨 일일까요. 좋은 생각으로 시작된 원고가 탄탄하게 완성이 돼서 멋진 팔과 다리를 가진 인생 2막의 모험을 꼭 즐길 수 있기를 간절히 바랄 뿐입니다."

요리사는 두 손을 모아 기도하는 동작을 취했다.

"요즘 아이들을 보면 시행착오를 두려워하고 틀리지 않으려 너무 많은 에너지를 쓰죠. 최소한의 노력으로만 결과를 얻으려는 경향이 있어요. 자극적인 폭력에 너무 많이 노출되어 있어서 안

타깝기도 하고요. 이 어린 작가의 생각의 씨앗이 이 시대의 방식 대로 오늘날의 아이들의 순수한 모험심을 자극할 생각의 씨앗으 로 든든히 자리매김했으면 좋겠네요."

콧수염이 진심을 담아 말했다. 줄무늬 양복도 고개를 끄덕였다.

"그런 희망을 담아 다시 한번 잔을 듭시다. 우리가 이 씨앗을 위해 너무 일찍 터트린 샴페인이 아니길."

펠트 모자가 건배를 제의했다. 네 사람은 모두 잔을 들어 샴페 인을 마셨다. 모퉁이에서 그 모든 이야기를 듣던 나는 휠체어를 타고 슬며시 그들의 앞으로 나섰다. 내가 그들의 곁으로 가까이 가자 여덟 개의 눈동자가 나를 내려다봤다. 나는 요리사 복장을 한 사람을 보며 이름을 말했다.

"당신이 실버군요."

"어! 나를 아나요?"

요리사는 이 사람이 누구인지 아느냐는 눈빛으로 나머지 세 명을 봤다. 하지만 다들 눈만 굴리고 고개를 작게 저을 뿐이었다. 난 펠트 모자에게 말했다.

"당신은 후크 선장이고요."

그 역시 입을 삐죽이며 크게 뜬 눈을 이리저리 굴렸다.

"제가 상상한 그대로예요. 당신들을 만날 수 있게 되다니…"

바이오닉 팔을 한 후크 선장과 바이오닉 다리를 한 롱 존 실버 는 내가 만든 밀랍 인형과 꼭 닮은 모습이었다. 내가 써 내려가던 원고 속의 두 주인공이다. 그들을 보며 감격하는 나를 옆에서 바라보던 줄무늬 양복이 말했다.

"당신이군요? 우리의 캐릭터들에게 새로운 인생을 열어 준 작가님이."

그제야 옆에 서 있던 콧수염도 고개를 크게 끄덕이며 나를 쳐다봤다.

"그렇군요. 그 눈빛. 작가가 자신이 만든 캐릭터를 바라보는 눈빛이죠."

줄무늬 양복과 콧수염은 품위 있게 허리를 약간 굽히며 나를 향해 목례를 했다.

"그럼 두 분은 《보물섬》과 《피터 팬》의 작가신가요?"

나는 너무도 감격해서 어쩔 줄을 몰랐다. 내 몸이 불편하지 않았다면 그 넓은 지하 광장을 3천 번도 넘게 폴짝폴짝 뛰어 다녔을 거다. 나에게 모험의 심장을 키워 준 책의 작가들을 여기서 보다니. 난 그들에게 받은 모험의 심장으로 이 세대에 맞는 나만의 캐릭터를 만들었다. 나는 내가 생체공학자가 되어 가장 좋아하던 모험 소설 속의 팔과 다리가 없는 해적들에게 팔과 다리를 주어 그들을 선한 사람으로 바꾸고 새로운 모험을 떠나는 원고를 쓰고 있었다. 두 작가의 책은 나의 새로운 생각을 싹트게 했고 그 생각은 다시 또 새로운 인생을 싹트게 하려는 참이었다.

"저에게 새로운 인생을 주셔서 정말 감사합니다. 여기서 뵙다니 저희가 영광입니다."

후크와 실버는 나에게 연신 고개를 숙였다. 나와 후크, 실버는 손을 붙잡고 서로를 반가워했다. 어떻게 이런 생각을 하게 되었는지부터 우리는 한동안 이야기를 주고받았다. 그들은 아직 책 한 권 내지 않은 어린 나를 아주 정중하게 대해 주었다. 그러면서도 소중한 조언은 잊지 않았다.

"그런데 말이죠. 외람된 말씀이지만 지금 씨앗의 상태로는 심는다고 좋은 열매를 거두기는 어려워 보입니다. 그 원고가 더 단단해져야 해요."

다른 사람들도 고개를 끄덕였다. 나의 우상들에게 자존심을 세울게 뭐가 있을까? 나도 솔직해졌다.

"보시다시피 저는 큰 사고를 당해 이런 상태가 되었어요."

모두 동작을 멈추고 내 이야기에 집중했다.

"모험은 제가 가장 좋아하는 단어였지만 사고 후 저는 모험이라는 단어를 한 번도 떠올린 적이 없어요. 모험은 이제 저에게 사치란 생각이 들어요. 지금은 글을 쓰지 않아요. 원고를 완성할 수 있을지 자신은 더더욱 없고요."

난 고개를 푹 숙였다. 휠체어에 탄 내 처지가 너무 야속했다. 후크와 실버는 그들의 제2의 인생이 어떻게 펼쳐질지만 기대하고 있다가 큰 실망을 한 표정이었다. 둘은 아무 말이 없었다. 그때 《보물섬》을 쓴 스티븐슨이 콧수염을 매만지며 아주 어렵게 말을 꺼냈다.

"이제와 말인데 어쩌면 저는 제 결핍 덕분에 제 책에 모험의 씨 앗을 뿌릴 수 있었던 것 같아요. 전 몸이 약해서 평생 건강 상태 를 걱정해야 했거든요. 늘 체력에 무리가 가지 않는 선에서 글을 썼어요. 그래서 모험이 더 간절했고 그걸 담아낼 수 있었는지 몰 라요."

"정말요? 전 그 책을 수십 번 읽었으면서도 작가님이 분명 여행 과 모험을 많이 떠났던 건강한 사람일 거라 생각했어요."

스티븐슨의 말은 내 마음속 희망의 불씨를 켜지게 했다. 나는 푹 숙였던 고개를 슬며시 들었다. 그러자 《피터 팬》의 작가인 배 리도 말을 이었다.

"저도 한 말씀 드리죠. 제가 어릴 적 형이 죽었어요. 아무도 예 상하지 못했던 형의 죽음으로 어머니는 극심한 우울증에 빠지셨 죠. 어머니를 위해 내가 생각한 건 나를 지우고 형의 빈자리를 채 우는 거라 생각했어요. 영원한 소년으로 머물 형을 대신해서 살 아갈 피터 팬을 생각했어요. 《보물섬》을 읽고 생각의 씨앗을 틔 워 후크 선장이라는 인물도 만들었답니다."

나를 위해 힘들었던 과거 이야기를 해 주는 두 사람에게 너무 감사했다.

"우리가 열심히 살아가는 이유는 결국 결핍을 채우기 위해서 가 아닌가요? 당신의 몸은 비록 과거와 달라졌지만 당신의 무한한 상상력과 지칠 줄 모르는 탐구심은 세상의 결핍을 메꿔 더 나은 세상으로 변화시키는 데 기여할 수 있을 거예요. 그러니 원고를 완성해 주세요. 지금 처한 상황을 쉽게 받아들일 수 없다는 거 알아요. 체념하기엔 너무 이릅니다. 당신은 적어도 제2의 인생을 펼칠 기대를 하고 있는 저 두 사람의 간절함을 실현해 줄 힘을 갖고 있잖아요. 그런 힘을 아무나 갖고 있는 건 아니에요."

스티븐슨이 말했다. 잠시 침묵이 흘렀다.

"이제 씨앗이 조금 더 옹골차게 변하기만 기다리면 되겠죠?"

실버가 나를 응원하듯 주먹을 불끈지며 말했다.

"그럼요. 씨앗은 정원사가 잘 심고 키워 줄 거고요. 그러고 보니 그 사람이 보이지 않네요."

후크도 말했다.

"아마도 생각의 씨앗을 심거나 책을 심거나 책을 수확하느라 바쁘겠죠."

"건물을 보수하고 있거나."

모두 웃었다. 아마도 나를 여기로 보낸 정원사 이야기인 것 같았다. 그때 정원사가 나타났다.

"호랑이도 제 말하면 온다는 말이 있다지요?"

네 사람은 껄껄 웃었다.

"이 씨앗이 영글면 잘 좀 부탁드립니다."

스티븐슨이 정원사에게 부탁했다. 정원사는 미소를 지었다. 염려 말라는 미소.

"모험은 새로운 방식으로 계속 이어져야 해요. 당신은 해낼 수 있을 거예요. 어린 작가의 생각이 잘 영근 씨앗이 되어 우리가 만든 모험 캐릭터를 능가할 주인공이 탄생하길 누구보다 간절히 바랍니다."

스티븐슨이 말했다.

"힘든 경험에서 좋은 영감이 나오곤 하죠. 포기하지 않는 것 자체가 모험이랍니다. 불편한 몸이 오히려 당신의 상상력을 더욱 무럭무럭 자라게 해 줄 거예요. 장담합니다."

배리도 나에게 용기를 주었다.

"우리 모두의 바람입니다. 자, 더 단단한 씨앗이 되길 기원하며 잔을 들죠."

또 한바탕 이야기꽃이 피었다.

"우리 이 장면을 기념으로 남겨야 되지 않을까요? 그러고 보니 두 사람이 닮았네요."

실버는 나와 정원사가 닮았다고 하면서 함께 사진을 찍자고 제안했다. 그러자 모두 나의 곁을 둘러싸더니 정원사에게 사진을 찍어 달라고 부탁했다. 정원사는 수많은 주머니 중 하나에서 주섬주섬 뭔가를 꺼내더니 우리 다섯이 제대로 포즈를 잡기도 전에 사진을 찍곤 찰칵 소리와 함께 사라졌다.

"싱거운 사람 보게. 사진은 두고 가야지."

실버가 정원사가 갔을 법한 곳을 보며 말했다.

"자! 이 씨앗을 가져가세요. 당신의 원고가 튼튼해질 때 이 씨앗이 더 영그는 게 보일 겁니다."

후크는 은쟁반에 놓인 씨앗을 바이오닉 로봇 팔로 잡아 나의 손에 꼭 쥐어 주었다. 차가울 거라 생각했던 그의 팔은 엄마 손처럼 무척 따뜻했다. 어, 이 감촉! 엄마?

✦

나는 번쩍 눈을 떴다. 엄마가 내 손을 잡은 채 내 손때가 묻은 원고를 또 읽고 있었다. 난 눈을 돌려 책상 위의 밀랍 인형을 찾았다. 멋진 팔과 다리를 지닌 후크 선장과 존 실버가 먼지 하나 묻지 않은 채 반짝이며 서 있었다. 그리고 그 아래는 나의 일시 정지된 꿈의 입장권인 노란 봉투도 보였다.

'내 글이 누군가에겐 간절한 희망이 될 수 있다니…'

난 완성되지 않은 나의 원고에 책임감이 들었다. 눈을 움직여 모니터에 내 맘을 표현했다.

"엄마, 그 원고를 처음부터 좀 읽어 줄래요? 이제 그다음을 계속 써야 하니까요. 저 공모전에 도전해 볼래요."

엄마는 모니터에 표현된 내 맘을 읽으면서 한 번도 보지 못한 표정을 지었다. 그때 새로운 메일의 도착을 울리는 알람이 울렸다.

발신자	이 구역의 패셔니스타
제목	이걸 두고 갔어.

예상치 못한 사고로 변화된 신체를 받아들이고 다시 시작한다는 것은 누구에게나 힘든 일이지. 하지만 너로 인해 희망을 틔운 존재들이 있다는 것만으로 넌 계속 원고를 써야 해.

미래에 나올 네 책의 표지와 서문은 이미 준비되어 있어. 아직 채워지지 않은 내용을 끝까지 완성해 주길 우리 모두가 기다릴게. 난 어디에 어떤 문장과 씨앗이 들어 있는지 다 알아. 혹시 어떤 문장이 필요하면 말만 하렴. 그리고 여기서 만난 사람들도 모두 너의 친구가 될 거니까 너무 외로워 말고. 그나저나 사진이 엉망으로 찍혀서 정말 미안해. 그래도 기억할 거지?

우리는 부러울 것 없이 잘나가는 사람을 보며 자극을 받기도 하지만, 반대로 고난에 처한 상황을 끝까지 피하지 않는 사람을 보면 더 큰 울림을 받는다는 것을 기억하렴.

첨부 파일	책 자아 클라우드 단체 사진

비단옷의 정원사

"어디 보자! 오늘은 어느 쪽의 길을 닦아야 하나."

내가 스케치한 정원 지도를 살피며 콧노래로 하루를 시작했다. 지도에는 정원 전경은 물론 밖에서 정원으로 파고들 수 있도록 내가 파 놓은 지점이 표시되어 있다.

"저런. 북서쪽에서 파고들어 오는 길이 별로 없네. 좋다! 오늘은 거기서부터 시작하는 걸로."

수레에 삽, 괭이와 자루 같은 도구 몇 개를 담고 씨앗 몇 종을 주머니에 넣고 출발했다.

"사각 사각 사가각."

암석이 비교적 적은 땅이라 땅을 파서 길을 내는 일은 수월하게 진행됐다.

"좋은 생각을 가진 사람들이 더 많이 이곳에 닿으려면 어느 방향에서나 접근하기 좋게 길을 닦아 둬야지."

땅을 파는 일은 언제나 즐겁다. 무아지경에 빠지는 노동의 기쁨. 언제나 그렇듯 여기저기 파고들 때마다 깨진 꿈 조각들이 나왔다. 귀한 과정들이 담긴 보석. 더 깨지지 않도록 소중하게 주워 자루에 담았다. 깨진 꿈 조각들은 자루 안에서도 반짝반짝 빛을 냈다. 그때 밖으로 삐죽이 나온 조각 하나에 붉은 실을 잡은 청년이 뒤에 서 있는 게 비쳤다.

'당신이 정원에 들어서면 아는 척을 할게요.'

난 내가 하던 일에 집중했다. 땅을 파고 길을 낸 후 씨앗을 묻었다.

"무럭무럭 자라 좋은 공기를 내뿜어라. 이곳으로 들어온 사람이 정원까지 숨을 편하게 쉬며 오게 해 다오."

그때 내 뒤에 있던 청년이 서서히 물러서는 게 조각에 반사되어 보였다.

'하하! 이런 데서 뭔가를 파묻는 사람을 보면 겁도 나겠지.'

나는 괘념치 않고 오늘 목표한 작업량을 채운 후 새로 파 들어간 길을 되돌아 정원으로 나왔다. 청년은 잠시 주춤하더니 붉은 실을 곳곳에 심으면서 나를 따라왔다.

'이쪽 길이 숨 쉬기 좋을 거예요.'

난 그가 조금은 수월하게 걸어올 수 있는 길로 유도했다.

"내 걸음을 잡기는 쉽지 않을 텐데."

부지런히 따라오는 청년이 무사히 정원으로 들어오는 걸 멀리서 확인한 후 내 일을 계속했다. 땅을 팔 때 필요한 도구는 수레에서 내리고 자루에 가득 담아온 깨진 꿈 조각은 색 분리기에 넣었다. 이 멋진 녀석은 어떤 색의 조각이 들어와도 그 색에 해당하는 RGB 코드를 부착해 준다. 빨강, 초록, 파랑을 각각 256단계로 나눠 코드를 부여한다. 버리지도 못하고 잔뜩 쌓인 꿈 조각들을 어찌해야 할지 막막했었는데 이 녀석 덕분에 업사이클링 아티스트가 됐다. 깨진 꿈 조각들은 정원의 건물을 장식할 때 활용되는데 정교한 유리 공예품에 견주어도 손색이 없다.

✦

새로운 장비, 새로 RGB 코드를 부여받은 깨진 꿈 조각들과 심을 책 몇 권, 지도를 챙겨 표롱각 단지로 향했다. 단지는 생각보다 넓기 때문에 지도를 반드시 챙겨야 한다. 지도는 새로운 표롱각이 들어설 때마다 손수 그려서 완성했다. 아니 지금도 진행 중이다. 대가 구역에 오면 항상 숙연해진다. 부풀리지 않아도 이미 충분히 거대한 존재들이 머무는 곳은 의외로 소박하다. 가장 먼저 살펴볼 표롱각 1호는 나에게 기하학을 가르쳐 준 스승 김영의 공간이다. 여기 오면 수학을 좋아하던 문학도 홍길주로 살았던 때가 생생하게 되살아난다.

"저는 문학도 좋지만 수학도 재미있어요. 어머니와 수학 문제를 함께 풀 때가 너무 좋아요."

"수학과 천문학이 지식인들의 필수 지식인 시대가 되었으니 이 어미의 수준에 머물러서야 되겠느냐. 때마침 하늘이 내린 수학 재능을 가진 김영 선생과 연이 닿았으니 이 얼마나 다행한 일이냐. 너의 수학 실력 향상에 큰 도움이 될 거란다."

수학 문제를 푸는 걸 휴식이라 말한다면 이상하게 생각하는 사람도 있겠지만 난 수학 문제에 몰두하는 것으로 스트레스를 풀었다. 사람들이 문학가인 나를 수학자로 여길 만큼 수학의 세계에 빠졌었다. 지식인이라면 수학과 천문학 지식이 필수였던 시대에 살았던지라《산학계몽》,《수리정온》 등 제목만 봐도 어려워 보이는 수학책들을 모두 섭렵했다. 수학을 좋아하는 어머니 덕분이었다. 어머니와 난 수학 문제를 풀면서 더 독창적인 풀이는 없을까 함께 골몰했었다. 우리 모자는 수학에 진심이었다. 그런 성향 덕분일까? 머릿속에 머금고 있던 생각을 구현하여 정원을 리모델링하는 데 기하학이 큰 도움을 줬다.

정원의 규모가 점점 커져서 그대로 두면 관리가 되지 않아 엉망이 될지 모른다는 위기감이 들었던 때가 있었다. 무한을 담는 동시에 자연과 인공물이 적절한 조화를 이루도록 리모델링을 할 수 없을지 늘 고민하고 다녔다. 그런데 그때, 우연히 스승님 표롱각 주변에 들어선 수학자 카를 멩거의 표롱각을 보게 되었다.

거기에 부분이 전체와 비슷한 기하학적 구조를 가진 멩거 큐브라는 모형이 있었는데 그걸 보는 순간 '바로 이거다!' 싶었다. 정원 리모델링의 큰 틀은 사이즈와 단계가 다른 멩거 큐브를 용도에 맞게 배치하는 걸로 잡았다. 표롱각 단지에는 제일 작은 사이즈 0단계의 큐브와 그 다음 사이즈 1단계의 큐브를 배치했고 책 자아 클라우드는 더 큰 사이즈의 3단계 큐브로 배치했다. 정원에 배치할 건물의 방향이 잡히고 나니 나머지 작업은 일사천리로 진행됐다. 이 모든 게 스승님이 주신 기적 같은 선물이라 생각했다.

감사하는 마음을 담아 표롱각 1호 주변을 살폈다. 바람이 불었는지 문패가 떨어져 있었다. 문패를 주워 끼우려는 찰나 아까 본 청년이 표롱각 단지의 문패를 다 확인해 볼 기세로 두리번거리며 지나쳤다. 나를 보지는 못했다. 청년의 뒷모습을 보곤 늘 평소처럼 스승님의 정원수에 물을 주려는데 대가들의 표롱각에 머물고 있는 배리와 스티븐슨이 한껏 차려입고 길을 나서는 게 보였다.

"어딜 가세요?"

반갑게 인사를 하면서 물었다.

"실버와 후크랑 함께 만날 사람이 있어서 가요. 이따가 책 자아 클라우드에도 올 거죠? 지하에서 만나요. 참! 카메라를 좀 가져오면 좋고요."

두 사람이 향하는 방향에는 청년, 노인, 휠체어를 탄 아이가 보였다. 나는 대가들의 표롱각 정비를 마친 후 생각이 성장하는 작가들의 표롱각 구역으로 이동했다.

"길주야, 무슨 꿈을 꾸었는지 나에게도 말해 줄래?"

"아주 아름다운 건물을 봤어요. 상서로운 구름과 무지개, 노을
이 서로 비추는데 영롱하고 찬란해 온갖 색이 갖춰져 있었어요.
비단에 수가 놓인 형상이었는데 그곳에 아름다운 집이 보였어요.
인간 세상의 건축물로 보이지 않았어요. 잠을 깼는데도 황홀한
빛이 떠올라요."

생각이 성장하는 작가들의 표롱각은 콘크리트 상태인 것부터
절정의 빛을 내는 것까지 다양하다. 꿈에서 봤던 아름다운 건물
을 떠올리며 구현했다. 표롱각의 외벽엔 변화무쌍한 작가의 생각
을 상징적으로 표현하기 위해 사시사철 다른 빛을 뿜는 깨진 꿈
조각을 붙였다. 깨진 꿈 조각들은 빛의 반사와 굴절을 통해 세상
의 모든 색을 변주하는데 이는 철학에 따라 문체가 바뀌는 것을
의미했다. 삼라만상이 소통하고 생각이 항상 살아 있음을 표현하
고자 건물 안에 화단을 두어 주변의 숲과 연결되게 했다. 이쯤 되
면 난 정말 최고의 정원사가 아닌가? 담아 온 깨진 꿈 조각들로
이리저리 보수를 마치고 허리를 펴니 영롱한 푸른색을 뿜내는 표
롱각 앞에 다다랐다. 그런데 어색한 빛이 보였다.

"뭔가 어색한데."

누군가 조각을 잘못 끼운 게 분명했다. 다시 뜯어 바로 끼우는데 건물 안에서 거친 숨소리가 들렸다. 뭐지? 유리 조각에 비친 모습을 보니 아까 그 청년이 숨을 죽이고 있었다.

"허허. 저 청년은 이번엔 여기에 있구먼. 날 정말 무서워하는 건가? 저런. 내가 얼마나 응원하고 있는지도 알려 줘야겠군."

땅을 파고들 때부터 지금까지 너무 무서운 인상만 준 것 같아 마음이 쓰였다. 청년의 책은 나에게도 처음엔 쉽게 와닿지 않았다. 그러나 어디에도 없는 독특한 내용과 필체에 사로잡혔다. 청년의 작품에는 일반적으로 쓰이지 않는 표현도 많았는데 그 표현을 발굴하기 위해 얼마나 고군분투했을지 충분히 짐작이 갔다. 난 주저 없이 청년의 생각 서재를 만들었고 청년이 생각을 키우는 과정을 고스란히 새겼다.

숨어 있던 청년은 내가 이동을 하자 나를 놓칠세라 전력 질주를 했다. 난 청년이 자신의 표롱각에 닿도록 길을 이끌었다. 숨차 보이지만 청년은 잘 쫓아왔다. 그는 표롱각을 1층부터 천천히 구경했다. 난 그를 자연스럽게 만나려 2층 화단에 가서 기다렸다. 시를 노래처럼 불러 청년의 관심을 끄는 데는 성공했지만 정원에 처음 온 청년이 내가 자신의 책을 묻는 모습에 충격을 받을 것을 예상하진 못했다. 격렬한 반응을 보이는 청년 때문에 당황했지만 나마저 흥분하면 상황이 더 악화될까 봐 등에선 땀이 삐질삐질 났지만 최대한 차분히 응대했다. 청년은 작가의 신념과 현실 사이

의 괴리를 버거워했다. 그런데 그 모습이 낯설지 않았다. 청년의
모습에서 과거의 내가 보였다.

난 흔히 말하는 명문가 출신이었다. 혼란스런 정국에서도 영의
정을 배출한 가문. 누구보다 평탄한 길로 살아갈 수 있었음에도
난 그 길을 선택하지 않았다. 그러고 보면 나도 여러모로 평범한
아이는 아니었다. 그때만 해도 모든 선비의 필수 코스였던 과거를
과감히 포기했으니까. 멀쩡히 공부 잘하던 인문계 고등학생이 갑
자기 수능을 보지 않겠다고 했다면 나의 상황이 이해가 될까? 나
의 당돌한 선언을 부모님은 당연히 쉽게 받아들이지 못했지만 결
국 이해해 주셨다.

남들이 정해 놓은 길을 한번 벗어나 보니 무한한 길이 있었다.
원치 않은 일에 애쓰지 않고 내가 하고 싶은 걸 하니 정신은 더
풍요로워졌다. 과거를 포기하는 대신 좋아하는 독서와 글쓰기에
매진한 나는 장자와 사마천과 어깨를 겨룰 만한 문학가라는 인
정을 받는 경지에 이르게 되었다. 하지만 솔직하게 말하면 원하
는 삶을 살게 되었다고 모든 번민이 사라지는 것은 아니었다. 내
가 과거를 포기하지 않았더라면 어떤 삶을 살았을까 하는 생각
을 할 때면 후회가 밀려오기도 했다. 그럴 때마다 붙잡아 준 것은
주변 사람들의 작은 응원과 지지였다.

나는 그걸 청년에게 알려 주고 싶었다. 그래서 청년이 이곳에
닿기를 바랐다. 세상의 모든 문장이 있는 이 정원에서 아직 찾지

못한 마지막 한 조각의 퍼즐을 찾아가도록 그에게 영감을 주고 싶었다. 우여곡절 끝에 자신의 이름이 새겨진 표롱각 현판을 보고 다시 용기를 내는 청년을 보니 힘들게 표롱각을 만들고 키워 온 시간에 대한 보상을 받는 기분이었다. 나의 생각과 내가 하는 일이 헛되지 않았음을 확인하며 나도 힘을 얻게 됐다.

✦

가져간 책을 모두 심은 후 청년의 표롱각에서 나왔다. 청년은 뒤에서 나를 불렀지만 뒤돌아보지 않았다. 빈 수레를 빠르게 끌고 이동하다 노인을 스쳤다. 잠깐 멈춰 뒤를 보았다. 표롱각에서 나온 청년과 노인이 대화를 나누는 모습이 보였다. 나는 다음 장소인 책 자아 클라우드로 바로 이동하다려가 카메라를 챙기지 않은 게 기억났다.

"참! 책 자아 클라우드에서 배리와 스티븐슨 작가님을 만나기로 했지. 소창다명에 먼저 들러 카메라를 챙겨야겠네."

소창다명과 책 자아 클라우드는 강의 건너편에 있다. 돌다리를 건너기 전 강물에 반사된 책 자아 클라우드의 전경에 걸음이 저절로 멈췄다. 여기는 이 정원 최고의 뷰 맛집이다. 아직은 실력이 부족해 맨눈으로 느껴지는 감동만큼 카메라로 담아내진 못하지만 언젠가 해내리라 늘 다짐한다. 그래도 이 서툰 솜씨의 사진사를 찾아 주는 사람들이 있으니 감사할 뿐이다. 잘 찍어 드려야지.

소창다명에서 카메라를 챙긴 후 책 자아 클라우드에 도착했다. 붉은 실을 든 청년이 건물 안으로 들어가고 있었고 노인과 아이들 무리, 휠체어를 탄 아이는 돌다리를 건너고 있었다.

정원사가 되기 전 독서에 푹 빠졌던 가장 큰 이유는 시간과 공간을 넘어 타인과 교감을 나눌 수 있다는 것이었다. 박지원의 《연암집》을 읽자마자 난 그 사람의 문장이 곧 나임을 느꼈다. 시공간의 한계를 넘어 스승을 만나다니 이 얼마나 황홀한 일인가! 그런 경험을 주는 책이 있는 도서관은 환상을 만드는 장소가 아니겠는가? 그 경험이 정원에서도 일어나도록 나는 시공간의 법칙이 깨지게 리모델링했다. 이렇게 만드니 서로 다른 세대에 살았던 사람들이 이곳에서 만나 친구가 되었고 찰나에 이동도 가능해져서 넓은 곳을 관리하는 나에겐 큰 도움이 되었다. 더 나아가 이곳에선 노화나 장애로 인한 소통의 불편함도 없게 했다. 지팡이를 짚고 오는 노인이나 휠체어를 타고 오는 아이도 돌다리를 편하게 건널 수 있다. 그나저나 두 작가는 벌써 건물 안으로 들어갔나? 이리저리 둘러보다 책 자아 클라우드에 들어섰다.

책 자아 클라우드에서도 건물 각 층을 다니며 보수를 하고 화단을 정비했다. 2층에서 잠시 쉬다 보니 1층 검색대 앞에 서 있는 노인이 보였다. 지하로 들어가는 문을 찾지 못하고 올라온 게 분명하다. 검색을 끝낸 노인은 어디로 걸어갔다. 나도 다시 일을 시작했다. 각 층의 화단에서 책 열매를 건져 올렸다. 책 자아 클라우드엔 책 열매를 수확할 화단이 많아 시간이 제법 걸렸다. 그래도 열매들의 상태가 좋아 힘든 줄 몰랐다.

"어디 보자. 이 층에 314.15ㅍ이 있지? 잠깐 보고 가야겠다."

314.15ㅍ은 늘 고독함에 어두운 표정이었는데 오늘은 텐션이 높아 보였다.

"기분이 좋아 보이네?"

"그래 보여? 정말 오랜만에 입을 열었지."

"무슨 말이야?"

"어떤 노인을 만나서 신세 한탄도 하고 내 책 작가 흉을 봤더니 속이 다 시원하네."

"노인?"

"응. 좀 전에 만났었어. 자꾸 나를 자기 책이라고 해서 처음엔 좀 언짢았지만."

"너를 지었다고 했다고?"

"응. 그런데 사진도 다르고 이름도 달라. 괜한 허세 부리다가 나한테 딱 걸렸지."

314.15ㅍ은 범인이라도 잡은 탐정처럼 으쓱했다. 그제야 난 그 노인이 바로 내 친구 314.15ㅍ의 작가였음을 알게 됐다.

"아직 이 건물에 있을걸?"

314.15ㅍ은 주변을 두리번거렸다.

"그런데 맘에 걸리네. 하지 말아야 할 말까지 한 것 같아서."

"설마 너, 책을 네가 살짝 고친 것도 말한 거야?"

"그게 말야…. 오랜만에 대화를 하니 기분이 들떠서 나도 모르게 그만."

나는 314.15ㅍ이 규칙 위반 사실을 누설했다는 것에 위기감이 들었다.

'생각보다 좀 더 서둘러야 겠군.'

314.15ㅍ에겐 내색하지 않았지만 나를 비롯해 이곳에 있는 271.82오와 423.00ㄱ은 314.15ㅍ의 작가가 이곳에 닿도록 노력을 하던 중이었다. 그게 오늘일 줄은 몰랐다. 예상보다 이른 만남이었다. 설마 갑자기 쓰러진 건가? 우리는 노인에게 전해 줄 것을 갖고 있었다. 마음이 급해진 나는 314.15ㅍ과 인사를 나누고 노인을 찾아 나섰다. 부랴부랴 찾아 나섰는데 노인과 271.82오가 대화를 하는 게 보였다. 다정한 271.82오는 노인이 이곳을 이해할 수 있도록 조곤조곤 설명을 해 주고 있었다. 271.82오와 노인이 대화를 나누는 중 책 자아 클라우드는 3단계에서 4단계로 진화했다. 노인은 혼란스러운 표정을 간간이 지었지만 청년처럼 격앙된 반응을 보이지는 않았다. 나와 눈이 마주친 271.82오는 314.15ㅍ이 더는 규칙 위반을 하지 않기 위해서는 원작자에 닿아야 한다는 이야기를 노인에게 슬쩍 흘렸다.

'271.82오야 수고했어. 이젠 내가 나설게.'

노인의 관심을 끌고자 목소리를 가다듬고 시를 노인의 손녀가 좋아하던 랩처럼 읊었다. 청년도 그랬지만 노인 역시 나의 노래에 호의적이었다. 요즘 들어 실력이 부쩍 좋아졌다. 비단옷의 래퍼로 오디션에 나갈 날도 오겠지. 노인은 예상대로 나에게 말을 걸었다. 책 열매 수확 과정을 보여 주면서도 내 머릿속엔 온통 한 가지 생각뿐이었다.

'이걸 언제 주는 게 적절할까?'

그 일에 너무 몰입한 탓일까? 나답지 않게 너무 급했다. 노인이 씨앗을 보여 달라는 말로 지하에 가고 싶은 맘을 에둘러 표현했을 때 '이때다!' 싶어 바로 씨앗을 보여 줬다. 내가 전해야 할 것이 바로 314.15ㅍ의 씨앗이었기 때문이다. 314.15ㅍ의 씨앗을 노인 손에 쥐어 주곤 너무 급작스런 내 행동에 무안해서 서둘러 자리를 떴다.

'어쩌지 이 서툰 연기를. 지하도 보여 주면서 천천히 주면 자연스러웠을 텐데.'

부끄러움에 얼굴이 달아올랐다. 멀리서 보던 271.82오도 당황한 기색이 역력했다. 다행히 노인은 눈치채지 못했다. 나와 271.82 오는 마무리를 할 423.00ㄱ을 지켜봤다. 하지만 423.00ㄱ 역시 연기에는 서툴렀다. 마지막엔 너무 직설적인 질문을 던진 탓에 노인이 놀라 이곳을 떠났다.

"우리의 진심이 전해졌을까?"

노인이 떠난 후 나와 271.82오, 423.00ㄱ은 다시 모여 314.15

ㅍ에 대해 이야기를 나누었다.

"할아버지가 이곳에 이렇게 빨리 닿을 줄 몰랐어. 어제까지 장기 출장이라 잔뜩 피곤해서 나도 모르게 좀 까칠했는데 할아버지가 그냥 떠나면 그동안 우리의 노력이 허사가 된다는 생각에 정신이 번쩍 들었지."

271.82오가 말했다.

"314.15ㅍ이 이곳에 갓 도착했을 때는 의욕도 충만하고 야심도 가득했지. 수학적 영감도 남다른 아이었고."

423.00ㄱ이 말했다.

"내가 이 정원을 어떻게 리모델링해야 할까 고민에 빠졌을 때 나의 장점을 건드려 주며 수학을 바탕으로 하라고 조언을 해 준 것도 314.15ㅍ이었어."

나도 거들었다.

"맞아. 나랑은 반대 성향이었지. 난 너무 체계적인 것보다는 자유로운 게 좋거든. 내가 이곳에서 가장 맘에 드는 게 뭔지 알아? 바로 우리 관리 번호야. 판에 박힌 십진분류법을 쓰지 않는 것 말이야."

271.82오가 말했다.

"사람들이 예기치 못하게 다양한 책 자아를 만나게 하려고 마음에 떠오르는 대로 부여했지. 리모델링 전에 세계의 다양한 도서관 자료를 살펴봤는데 독일의 바르부르크 도서관이나 샌프란

시스코 시내에 위치한 프레링거 도서관도 그렇게 하고 있어. 그거
알아? 너희 관리 번호는 내게 각각 다른 의미가 있어."

내가 말했다.

"내가 스스로 알아낼 때까지 말하지 마."

423.00ㄱ이 코를 찡긋거리며 웃었다.

"기다릴게."

내가 장단을 맞추었다.

"그렇게 성향이 다른데도 나한테 와서 314.15ㅍ가 친구를 사귈
수 있도록 도와달라고 가장 먼저 찾아온 게 271.82오였어. 그게
미스터리라는 거지."

423.00ㄱ이 말했다.

"기억하는구나. 친구 사귀는 법이라면 423.00ㄱ이 잘 알거라
생각이 들어서 찾아갔지. 여기는 고민이 있을 때 그 분야 전문가
들이 다 있어서 좋아."

271.82오가 그때를 회상하며 웃었다.

"넌 314.15ㅍ이 혼자 있는 시간이 많아지면서 열정도 사라지고
자기 틀 속에 갇혔다고 걱정이 많았었지."

423.00ㄱ이 말했다.

"나도 그 무렵 314.15ㅍ과 많은 대화를 나눴는데 너무 부정적
이었어. 자신의 현재 모습에 회의적이고 계속 의문을 품었었고."

271.82오가 말했다.

"난 그게 나쁘지 않았거든? 원작자와는 다른 신선하고 도발적인 생각은 충분히 가치가 있다고 봤어."

내가 말했다.

"원작과 다른 생각을 품은 게 나쁘다는 건 아니야. 314.15ㅍ은 책을 고쳤잖아. 그건 원작자만 책을 고칠 수 있다는 규칙을 위반한 거고."

271.82오가 고개를 저으며 단호하게 말했다.

"271.82오야 진정해. 이제 원작자에 우리의 바람을 전했으니 기다려 보자."

내가 말했다.

"그런데 할아버지 표정이 안 좋았어. 오죽하면 내가 직설적으로 말했을까."

423.00ㄱ이 말했다.

"스스로가 삶보다 죽음이 가깝다고 생각하는데 무언가를 선뜻 시작하는 게 쉽지 않아 보이더군. 나는 이해해."

271.82오가 말했다.

"무슨 말이야. 여든이란 나이는 내 나이에 비하면 아무것도 아닌데."

농담인 듯 진담인 나의 말에 함께 웃었다.

"할아버지의 눈동자에 청년 시절 자기 모습이 비친 걸 보면 그때를 그리워하는 게 아닐까? 그럼 희망이 전혀 없진 않아."

우리는 노인에게 편지를 보내자고 의견을 모은 후 각자 자신의 위치로 돌아갔다. 20년 동안 책을 쓰지 않은 노인에게 314.15ㅍ 이야기를 다시 써 달라는 우리의 바람이 닿을까?

✦

"내가 만든 세상으로 들어가 볼래? 거기엔 미래에 나올 책도 있어."

"그런 곳이 어디에 있어?"

"책상 선반과 창 사이의 틈으로 들어갈 수 있어."

"길주 너 미쳤냐?"

조선 시대에 살던 시절 난 원하는 책들이 가득하고, 아직 완성되지 않았거나 영원히 완성되지 않을 수도 있는 책이 있는 도서관을 품은 개인 정원을 꿈꿨었다. 몰래 품은 바람을 지인들에게 슬쩍 비치면 가당치도 않다며 날 이상한 사람 취급했다. 쉽게 그 만둘 거면 시작도 안했지. 게으르다는 오해를 받으면서까지 잠 틈으로 드나들며 생각 정원을 구축하다가 생을 마감하고 나서 이곳으로 완전히 들어섰다.

현실을 떠나서도 머물 곳이 있다는 것에 흡족했던 난 내 중심으로 가꿔 놓은 정원에서 작은 나라의 왕이라도 된 양 즐거운 시간을 보냈다. 내가 머물 방도 용도에 따라 여러 개 만들었고 세상

좋은 경치를 모두 품을 욕심으로 창도 크게 만들며 현실에서 이루지 못한 일들에 대해 대리 만족을 했다.

그러던 어느 날 자신 만의 영역을 파고 파고 파다가 정원에 다다른 사람을 만났다. 초대하지 않은 낯선 사람이 내 공간에 들어온 것이 불쾌했지만 그 사람과 생각을 나누다 보니 내가 얼마나 작은 존재인지 깨닫게 되었다. 내가 세상의 중심인 것처럼 오만했던 순간이 생각나며 부끄러웠다. 내가 세상의 주인공이 아니라고 생각할 때 세상의 중심에 한걸음 가까이 간다는 사실을 깨달았다. 내가 안다고 했던 것이 내가 모르는 것에 비하면 발톱의 때만큼도 안 된다는 것을 깨우친 후 나의 부족함이 더 드러나도록 가능한 한 많은 사람들의 생각이 정원에 머물고 성장하게 하고 싶어 리모델링을 하게 됐다.

그 과정에서 나 역시 홍길주를 넘어 이곳의 정원사로 거듭났고 이곳을 찾아오는 사람들에게 '비단옷의 정원사'로 불리게 됐다. 내가 아니면 안 된다는 생각보단 내가 사라져도 이곳이 저절로 굴러가게 하겠다는 마음가짐으로 일을 했다. 리모델링된 정원을 관리하는 것은 개인 정원을 관리하던 것과는 비교할 수 없을 정도로 고된 일이었다. 그럼에도 타인을 받아들이며 정원을 가꾼 가장 궁극적인 이유는 가치 있는 생각을 더 많이 찾아 널리 공유하기 위해서였다. 좋은 생각이 씨앗이 되고 그 씨앗이 잘 성장해서 열매를 맺고 다시 그 열매가 누군가의 생각의 씨앗이 되는 이 정원의 모든 순환은 바로 책 자아 클라우드의 지하에서 시작된다. 책 자아 클라우드의 지하에는 미래에 나올 책의 씨앗이 숨을 쉬고 있다. 내가 가장 많은 공을 들이는 곳으로 아무나 들어올 수도 없다. 몇 개 남은 314.15π 씨앗을 다시 갖다 놓으려 책 자아 클라우드의 지하로 들어섰다.

"음. 향기 좋아."

책 자아 클라우드 지하에 들어서면 오묘하고 편안한 향이 났다. 미래에 나올 책의 씨앗이 자라는 향은 내가 쓰고 있는 먹의 향과 비슷했다. 항상 고요하던 이곳에 오늘은 아이들이 활력을 한 스푼 추가했다. 지하로 뛰어 들어온 아이들은 숨바꼭질 삼매경에 빠져 있었다. 이리저리 옮겨 다니는데 이 공간이 워낙에 커서 큰 소음으로 느껴지진 않았다. 책 자아 클라우드 지하에서 가장 시선을 끄는 씨앗 주머니에는 미래에 나올 책을 품은 씨앗이 담겨 있다. 씨앗은 깨진 꿈 조각이 그랬던 것처럼 어느 하나 같은 게 없다. 씨앗을 담는 주머니의 재질도 딱딱한 암석, 해먹같이 질긴 천 등 그 안에 담긴 씨앗의 성격에 따라 다양하다. 주머니의 모양은 독일 수학자 카를 바이어슈트라스의 타원함수에서 유도한 푸앵카레 연구소의 모형을 변형했다. 문자, 생각, 씨앗의 주머니로 활용하기에도 제격이었고 어떤 색으로 꾸미느냐에 따라 건물 안에 꽃을 심은 것 같으니 외관도 아름다웠다.

314.15π의 씨앗 주머니를 찾아 노인에게 주고 남은 씨앗을 털

어 넣었다. 온 김에 여기저기 다니며 주머니들이 터진 곳은 없는지 씨앗들은 잘 보관되어 있는지 살폈다. 살피다 보니 누군가 한 주먹을 가져갔는지 씨앗이 밖에 떨어져 있는 주머니가 있었다. 들여다보니 씨앗이 옹골차지 못하고 쭉정이째로 머물러 있었다.

'다음에 올 땐 치워야겠군.'

쭉정이 씨앗은 강물에 사는 새들에게 먹이로 주려고 한 주먹 챙겼다. 계속해서 다른 씨앗 주머니를 살피다가 그만 주머니 속으로 빠졌다.

'원숭이도 나무에서 떨어진다더니.'

누가 보기 전에 다시 나오려고 꿈틀거리는데 누군가 나를 주먹으로 쳤다.

"아얏! 씨앗만큼 옹골찬 주먹이로구나. 도대체 누구냐?"

잔뜩 골이 나 주머니를 빠져나오자 거기엔 아까 휠체어를 바람같이 몰며 아이들 무리를 따랐던 아이가 있었다. 그 아이의 눈을 보자마자 오늘 아침 배리와 스티븐슨 작가가 오랜만에 차려입은 이유를 알 수 있었다.

'내가 오늘 사진에 담아야 할 주인공이군. 미래에 나올 책의 작가님. 이곳의 VIP.'

✦

정원사로 거듭난 후로는 나를 제대로 본 적이 없다. 이 정원의 어느 유리 조각에도 나는 비치지 않는다. 나를 간접적으로 볼 수 있는 건 내 모습이 비친 사람들의 눈동자를 통해서인데 청년은 날 연세 지긋한 사람으로 보았고 노인은 날 자신의 청년 시절로 봤으며 지금 이 아이는 나를 자신의 또래로 봤다. 내 영혼은 그대로인데 사람들에 눈에 달리 비치는 이유는 뭘까? 곰곰이 생각해 봤는데 사람들이 자신이 그리워하거나 필요로 하는 대상으로 나를 바라볼 거란 생각에 다다랐다. 아이는 또래 친구를 그리워하는 것 같아 마음이 저렸다. 난 아이가 스티븐슨, 배리 그리고 후크와 실버를 만날 수 있도록 길을 안내했다. 노인 앞에서 서툴렀던 연기를 여기서 만회했다. 지하의 가장 자리를 따라 천천히 이동하는 아이가 무사히 길을 가는지 들키지 않게 뒤따라갔다. 그때 저 위에서 아이들 구경에 빠져 있는 붉은 실을 든 청년이 보였다. 반가운 마음에 사진을 찍었다. 들킬까 봐 플래시를 켜지는 않았다.

흥미로운 건 내가 휠체어를 탄 아이 뒤를 몰래 따라오는 걸 봤음에도 들키지 않게 해 준 13명의 아이들이었다. 나를 본 아이들이 알은체를 하려고 할 때마다 입술에 손을 대고 조용히 해 달라는 표정을 간절히 보냈더니 어찌나 연기들을 잘하는지 고마웠다. 271.82오와 423.00ㄱ의 연기와는 비교도 되지 않았다. 친구들, 비교해서 미안해.

＋

몰래 들으려고 한 건 아니었는데 따라간 자리에서 아이가 지금 겪고 있는 상황을 알게 되었다. 무명의 어린 작가에게 힘을 주려고 이 자리를 만들다니 역시 대가들의 깊은 속을 나 같은 피라미는 헤아릴 수가 없다. 살아 보니 나만 잘된다고 행복한 것도 아니고 서로 다른 사람들이 모인다고 꼭 화목하지 않은 것도 아니었다. 내 것을 잘 챙기는 지혜로 다른 이를 함께 챙기면 그 덕은 고스란히 나에게로 돌아온다. 이 일을 하다 보니 세상의 이목을 받는 주인공의 삶도 좋았지만 조연의 삶은 나에게 더 충만감을 주었다.

대가들은 그 진리를 몸소 실천하는 사람들이었다. 이번에도 또 한 수 배웠다. 갑작스럽게 얻은 신체적 장애 때문에 말랑말랑한 영감이 멈춰 버린 어린 작가에게 다시 시작할 수 있는 계기를 주는 데 함께할 수 있어 뿌듯했다. 사진을 찍을 순간에 늦지 않게 등장했다. 배리와 스티븐슨은 등 뒤에 손을 가져가 나만 볼 수 있게 엄지를 들어 보였다. 사진을 찍자마자 난 주머니에 챙겨 둔 쭉정이 같은 씨앗을 제자리에 두러 쏜살같이 달려갔다. 사진은 두고 가라는 소리가 들렸는데 나중에 아이에게도 응원의 편지와 사진을 첨부해서 보냈다. 청년 사진을 몰래 찍으려고 바꿔 둔 플래시 모드를 다시 조정해야했는데 깜빡해 사진은 잘 나오지 않았다. 나에게 부탁한 두 대가들에게 미안했지만 영리한 어린 작가는 그 사진을 통해서도 뭔가를 느낄 것임이 틀림없다고 스스로 위로했다. 씨앗을 잘 관리하며 원고 집필을 잘 마무리하길 나도 응원했다.

✦

우와! 나 오늘 정말 일 많이 했다. 정원을 분주하게 관리하다 보면 쉼이 필요한 순간이 온다. 그때는 표롱각 단지에서 옮겨 온 나무들이 있는 숲으로 와서 단잠을 청한다. 나뭇잎이 부딪히는 소리는 자장가로 으뜸이다. 형, 동생, 누이와 함께 책을 읽고 서로의 생각을 시로 주고받던 내 삶에 가장 즐거웠던 순간을 떠올리며 잠에 빠지려 했지만 그들은 행여 내가 게으름에 빠질까 염려하는 듯 날 꿈 밖으로 밀어냈다. 꿈에서도 날 위하는 형, 동생, 누이의 사랑. 난 못 이기는 척 일어났다. 꿈에서라도 잠깐 만나 그리움을 희석하고 다시 힘을 얻은 난 눈앞에 아른거리는 나뭇잎을 읽었다. 그들은 잎을 이리저리 뒤집으며 반가움을 표현했다.

"잘 지냈지? 넌 또 자리를 옮겼구나. 여전히 사교적이네. 넌 한자리에 그대로 있네? 다른 나무들도 만나 보지 그래?"

안부를 물으며 그들의 인사에 화답했다. 어떤 나무들은 이리저리 옮겨 다니며 파티를 즐기는 사람처럼 다른 나무와 교류를 하고 어떤 나무들은 지그시 한자리에 머물러 있다. 어떤 나무들은 서로 다른 색을 조화롭게 뿜어내고 어떤 나무들은 고유의 색 하나를 우아하게 내뿜었다. 가끔 서로 다투기도 하지만 품격 있는

토론은 서로 더 성장할 수 있는 지점이 되었다. 세상에 같은 사람은 없듯 그들의 생각이 만들어 낸 나무들도 모두 달랐다. 다름을 품었기에 숲은 더 풍성했다. 내 딴에는 꼼꼼하게 관리한다고 했지만 처음 보는 나무들도 꽤 있었다. 손길이 닿지 않는 곳에서도 자신이 차지한 영역을 묵묵히 지켜 내고 가꾼 나무들에게 고마웠다. 다양한 나무로 이루어진 숲은 이렇게 거대한 정원을 둘러싸고 계속해서 좋은 공기를 보냈다. 그 공기는 정신을 맑게 하고 좋은 생각의 열매를 쑥쑥 자라게 했다.

"누가 내 꿈을 이루어 줄까?"

처음 이런 공간을 갖고 싶다는 막연한 생각만 갖고 있었을 때 내가 늘 외치고 다니던 말이다. 돌아보면 내 바람을 이뤄 준 건 결국 나 자신의 노력이었다. 지금도 생각하면 신기하다. 나만 있었던 이 정원에 이리 많은 사람들이 다녀가는 것이. 처음엔 누굴 초대하려 해도 이런 곳이 있다고 믿지도 않았는데 이젠 내가 초대하지 않았는데도 파고 들어 이곳에 닿는 사람들이 있고 그들은 이 세계를 당연히 받아들이며 인정했다. 그 모든 변화가 감개무량하다.

성별, 나라는 물론 세대도 뛰어넘는 사람들이 들어왔다가 나갔고 어떤 이들은 자신들의 책에 이곳을 다녀간 틈을 옷장*, 기차역**,

---

* 《사자와 마녀와 옷장》, C.S.루이스.
** 《해리 포터》 시리즈, 조앤 K. 롤링.

바위***, 거울**** 등으로 묘사하며 나처럼 미쳤다는 소리를 듣지 않기 위한 장치를 근사하게 풀어냈다. 그래도 여기에 다녀간 후 그들이 찾고자 했던 마지막 문장 조각을 찾아 그들의 글이 더 진한 생명력을 갖게 된 걸 보면 내 이름과 이 생각 정원이 드러나는 것은 아니지만 보람을 느낀다.

또 이곳에 다녀간 사람들은 자신들의 생각 서재를 어떻게 채워 나갈지 늘 떠올리는 삶을 살기에 좀 더 명확한 방향성을 갖게 되지 않을까 기대해 본다. 그들이 돌아가서 문득 내 생각이 날 땐 편지를 보내 주는데 모인 편지의 수도 제법 많아졌다. 오늘 다녀간 사람들도 편지를 보내 올까? 그 편지들을 보관하는 공간도 서서히 만들어 보려 한다. 이름은 무엇으로 할까? 여길 다녀간 모두에게 공모를 할까? 새로운 일을 진행하려 하니 다시 흥분됐다. 정원을 관리하면서 알게 된 건 자신의 분야를 깊이 파고들어 간 사람들은 각자 자기 나름대로의 생각 서재를 구축하고 있다가 일정 지점에 도달하면서 서로 연결된다는 것이다. 라이프니츠와 뉴턴 중 먼저 미적분 아이디어를 냈느냐는 소모전과 같은 분쟁은 크게 보면 무의미했다. 우열을 겨루지 말고 한 팀이 되면 성장의 속도가 더 빨라질 텐데.

이리저리 산책을 하며 찰나마다 달라지는 풍광을 더 즐기다 내

*** 《비밀생중계》, 김상미.
**** 《거울나라의 앨리스》, 루이스 캐럴.

가 혼자 머무는 공간인 '소창다명'으로 들어왔다. 소창다명은 작은 창이 더 밝아 더 오래 앉아 있게 된다는 추사 김정희의 글씨 '소창다명 사아구좌'에서 가져왔다. 그저 누워서 책을 읽을 수 있는 크기인 내 방에는 작은 창이 하나 달려 있는데 필요한 만큼의 빛이 들어오기엔 충분하다. 내 방도 정원을 꾸미다 남은 깨진 꿈 조각들로 꾸몄는데 이렇게 짓고 보니 빛이 내 공간을 충만하게 채워 줄 때마다 남의 덕을 보게 됨을 잊지 않게 되었다.

방에 돌아와 정원 관리에 사용했던 각종 도구들을 정리하고 나니 쉴 틈이 생겼다. 새로 꾸며야 할 면적의 치수를 직접 계산하며 머리를 식혔다. 내가 찾아낸 제곱근 풀이법과 세제곱근 풀이법이 요즘 아이들의 수학 교과서와 국어 영역 모의고사에 나오는 걸 보면 뿌듯하다. 물론 처음 만들 당시에는 음수를 고려하지 않았기에 한계가 있는 풀이법이지만 정사각형 면으로 둘러싸인 정육면체 건물들로 이루어진 이 정원에서는 여전히 유용하게 쓰인다.

"새로 꾸며야 하는 곳은 넓이가 169인 정사각형이군. 한 변의 길이를 구해 볼까? 오랜만에 내 풀이법으로 풀어 봐야지. 169를 반으로 나누면 84.5고 거기에서 1을 빼면 83.5, 거기에서 2를 빼면 81.5, 거기에서 3을 빼면 78.5, 같은 규칙으로 자연수를 오름차순으로 빼다보면 12를 빼면 6.5가 되고 13은 더 이상 뺄 수 없지. 이때 남은 수 6.5에 2를 곱하면 한 변의 길이는 13이야."

오늘 할 일을 다 마쳤는지 확인해 보니 책 자아를 업데이트 할 차례였다. 정원사로 거듭난 후로는 관심의 대상이 바뀌다 보니 사람보다 책의 말이 먼저 들렸다. 오히려 사람이 하는 말을 들으려면 보청기를 써야 했다. 책의 말은 나에게 꺼지지 않는 라디오처럼 들려왔다. 녹음한 책의 수다를 턴테이블로 재생하며 기록했다. 기록한 책의 말로 클라우드의 책 자아를 업데이트했다. 다양한 사연을 각자의 감정대로 풀어내는 책의 말을 기록하며 표현이 이리도 다채로울 수 있다는 걸 새삼 깨달았다. 책이 전하는 말을 기록하며 매일매일 문장을 차곡차곡 쌓아 책 자아를 업데이트했더니 세상의 모든 문장이 있다고 말할 정도에 이르렀다. 책 자아의 말을 기록하면서 내 맘이 정리됨을 느꼈다. 그래서 많은 사람들이 필사라는 방식으로 책을 새기나 보다.

책 자아 업데이트도 마쳤으니 이젠 오늘 나를 만난 사람들에게 편지를 써야지. 사람의 관계가 지속되기 위해서는 서로의 관심과 적절한 행동력이 필요했다. 아낌없이 나를 표현하여 만나고 싶어도 닿지 못하는 일은 만들지 않겠다며 여길 다녀간 사람들과의 연결 고리를 만들었다. 오늘 만났던 사람들과 나는 다시 시작한다는 연결 고리를 갖고 있었다. 청년도 심기일전해서 다시 작품을 시작하길 바라고 노인도 펜을 다시 잡길 바라며 아이도 중단된 원고를 다시 시작하길 소망했다. 나도 이 정원의 정원사로 다시 시작할 때 쉽지만은 않았다. 하지만 분명 가치 있는 시작이었다. 그들의 시작을 원하는 바람을 담은 편지와 서툰 사진을 담아 영감의 조각을 보냈다.

✦

이제 나의 비밀스런 일을 하는 시간이 왔다. 조심스레 책상 선반과 창의 틈을 열었다. 내가 잠 속에서 이 정원으로 들어왔던 그 틈. 이 정원이 이렇게 자리 잡을 때까지 한 번도 열지 않았던 그 틈을 오랜만에 열었다.

한참 동안 그곳에 시선을 두다가 선반 서랍을 열었다. 최근에 틈틈이, 남은 비단옷 조각에 서툰 바느질 솜씨로 새긴 각종 이름표가 들어 있었다.

수많은 생각 서재를 관리해야 하다 보니 공부는 끝이 없어서 책 자아뿐 아니라 나도 늘 업데이트를 해야 했다. 요즘 사람들과 더 활발하게 연결될 지점은 없는지 살피던 중 그들이 메타버스에 관심이 많다는 걸 알게 됐다. 사람들은 이제야 현실을 떠나 가상세계에 자신을 닮은 자아를 만들어 다양한 활동을 한다고 했다. 난 이미 그 공간에 들어온 지 오래인데. 내가 가꾼 생각 정원이 사람들의 메타버스가 되어 지금보다 더 활발해지겠다는 기대와 동시에 나도 그들처럼 메타버스로 가고 싶다는 마음이 꿈틀거렸다. 이 정원에 있는 나의 메타버스는 그들이 있는 세상이다. 정원은 내가 없어도 충분히 잘 돌아가도록 관리해 두었으니 잠깐씩 다녀오는 것은 크게 무리가 없을 것이다.

"학생 홍길주, 서점 직원 홍길주, 사서 홍길주, 출판사 편집장 홍길주, 북 마케터 홍길주, 래퍼 홍길주."

생각 정원을 더 잘 관리하고 풍성하게 만들도록 도와줄 멀티버스에서의 내 이름표를 하나하나 읽다 보니 쿵쿵 가슴이 뛰었다. 청년도 자신의 표롱각 현판을 봤을 때 이런 기분이었겠지? 이곳에 닿았던 사람들처럼 나에게도 응원과 영감을 주는 존재를 만날 수 있을까? 숨을 고르고 신중하게 하나의 이름표를 골라 들었다. 순식간에 틈으로 빨려 들어가 오래전 내가 들어왔던 길을 거슬러 올라갔다. 신난다! 머리가 올 백으로 날아가는 이 기분 정말 오랜만이구나! **룩무까.**

✦

"이봐요! 홍길주 학생! 도서관에 봉사 활동하러 와서 그렇게 잠만 잘 거야?"

사서 선생님의 벼락 소리가 들렸다.

"드디어 도착한 건가?"

비단옷의 정원사 홍길주는 학생 홍길주라는 이름표를 쥐고 싱긋 웃었다.

"이 세계에서도 역시 도서관은 짜릿하군."

연결 고리

안녕하세요? 인사가 늦었네요. 제 생각 서재는 잘 있나요? 그때 전 편집장에겐 전화를 하지 않았어요. 당신이 주신 영감과 거기서 만난 할아버지의 말씀을 붙잡고 내 이야기를 계속했지요. 13명의 친구들을 바라보던 나를 찍은 당신의 사진을 보며 〈오감도 시제1호〉라는 시를 썼고, 당신을 만났던 건물을 생각하며 〈건축무한육면각체〉라는 시를 쓰기도 했습니다.

계속되는 연재에도 많은 사람의 사랑을 받지는 못했습니다. 사람들은 제 글이 어렵다고 계속해서 불평했습니다. 하지만 그때 만난 할아버지 말씀대로 도대체 시종일관 무슨 말을 하려는 건가 사람들이 서서히 궁금해하더군요. 매번 퇴짜만 맞던 저는 홍길주라는 편집장과 새로운 인연을 맺으며 책을 꾸준히 낼 수 있었습니다. 신기한 건 그분도 당신과 같은 말을 했어요. 세상엔 다양한 색이 필요하며, 주류라는 개념은 없다고. 다양함이 서로 조화를 이룰 뿐이라고요.

생각 정원에서 본 깨진 꿈들의 아름다운 조각을 생각하며 우리말을 갖고 독특한 실험과 시도를 계속했어요. 이 세상에 태어나는 순간 내가 온몸으로 받아낸 느낌을 온전히 표현할 언어를 찾기 위한 여정도 멈추지 않았고요. 나는 왜 이렇게 정확한 표현에 매달리게 됐을까, 타고나길 예민한 성향인 건가 하는 생각도

해 봤어요. 어쩌면 내 모국어를 잊어버리게 될지도 모른다는 불안감 때문이었던 것 같기도 해요. 일제 치하에서 내가 할 수 있는 최선이었기 때문이죠. 사실 편지를 쓸까 몇 번을 망설였습니다. 아이디어가 떠오르지 않을 때 당신을 이용만 하게 될 것 같아 일부러 연락하지 않았습니다. 아실지 모르겠지만 사실 전 일찍 죽었습니다. 그렇지만 멋진 친구들과 건축, 미술로도 이것저것 해보면서 불꽃같이 살았기에 후회는 없습니다.

죽고 나니 더 과분하게 인정받는 것 같아요. 제가 죽은 지 벌써 수십년이 지났는데도 천재라는 찬사를 들으며 사람들의 관심을 받고 있거든요. 그저 제가 방문한 그곳을 표현한 것에 불과한데 그런 찬사는 과분하죠. 저를 스타로 만든 건 당신이에요.

책 자아 클라우드라고 했나요? 책 자아들이 모여 있는 곳이요. 저에겐 낯선 용어여서 제가 잘 기억하고 있는지 모르겠네요. 아무튼 그곳에서 본 13명의 아이들은 잘 성장했는지 궁금합니다. 그 아이들은 13명의 노인이 되어 있나요? 아! 물론 그곳은 시간이 아니라 한 번이라도 있었던 존재들이 머물던 곳이기에 제 시간으로 따지면 안 되는군요! 잊었습니다. 13명의 아이들은 지금 아이의 모습으로 어딘가에 있을 수도 있겠네요. 아이들도 땀을 뻘뻘 흘리며 놀이에만 몰입했던 시간이 얼마나 소중한지 알게 될 날이 오겠죠.

어떤 사람들은 지금도 제 작품이나 저의 삶을 파고 파고 또 파고 있습니다. 거의 지금 제가 있는 곳까지 파고 오는 사람도 있어서 조만간에 한번 만나 볼까 생각도 하고 있습니다. 저도 그 자신만의 '짓'을 하는 사람들에게 당신이 해 준 말을 전해 줄 거예요.

p.s. 참! 전 당신의 얼굴에서 제 큰아버지를 떠올렸습니다. 저를 자식 대신 키워 주신 큰아버지의 인정을 받고 싶었나 봅니다.

FROM. 붉은 실을 든 청년

의식을 잃은 상태였는지도 모른 채 그곳을 구경하고 돌아오니 나를 애타게 기다리던 아들 부부와 손녀가 있었어요. 다행히 손녀는 씩씩하게 학교에 잘 다녔어요. 손녀는 내가 겪은 환상적인 이야기에 누구보다 열렬한 반응으로 귀를 기울여 주었지요. 삶과 죽음을 오가는 노인이 본 세상과 아이의 환상은 묘하게 잘 통하더군요. 그 아이의 찬란한 미소를 다시 보게 된 것은 정말로 큰 기쁨이었습니다.

당신은 정원 일이야 새로 배우면 된다고, 다시 할 수 있다고 하며 내 손위에 314.15ㅍ 씨앗을 올려 주었죠. 그때 난 내가 뭘 할 수 있다는 건지 혼란스러웠어요. 죽어 갈 나이에 뭔가를 새로 시작하는 것도 두려웠고요. 당신 말의 뜻이 무엇일지 건강을 회복하며 곱씹어 봤어요. 그런데 당신이 준 314.15ㅍ의 씨앗은 결국 나의 생각임을 깨달았답니다. 첫 작품을 쓸 때와는 달라진 내 신념을 새 책에 표현하면 내 첫 책을 좋아하는 독자들에게 비판을 받을까 염려되어 감춰 뒀던 마음 말이죠. 당신이 저에게 다시 할 수 있다고 말했던 건 내 새로운 생각을 다시 쓸 수 있다는 것임을 깨달았어요.

작가들은 첫 책을 쓸 때 압니다. 나중에 나이 들어 내가 쓴 책을 보면 유치해서 내 스스로가 무척 부끄러워할 거라고. 하지만 그것이 두려워 책을 쓰지 않는다면 영영 글을 쓰지 못했을 거예요. 난 내 젊은 시절의 생각을 그 자체로 존중합니다. 또한 바뀌어 온 내 생각도 존중합니다. 그래서 첫 책을 썼을 때와 달라진 생각을 글로 썼습니다. 어린 손녀의 새로운 시작에도 성장통이 있었지만 여든 먹은 노인에게도 또 다른 두려움으로 인한 성장통이 있었습니다. 하지만 무엇을 시작하는 나이는 따로 있지 않다는 당신의 응원과 벽을 넘으라는 휠체어를 탄 아이의 외침이 계속 들렸어요.

결국 새로 쓴 책은 노익장을 과시한 작품이라는 찬사를 받으며 내 첫 작품 만큼이나 주목을 받았습니다. 웬만한 도서관에선 검색이 됩니다. 책 자아 클라우드에서의 굴욕은 없답니다. 하하하. 알다시피 난 느린 사람이었잖아요. 끝이라 생각하는 곳에서 다시 시작할 수 있을까 하는 걱정이 가장 큰 장애물이었어요. 그걸 깨는 데 필요한 용기를 줘서 고맙습니다.

참! 새롭게 도전한 게 또 있습니다. 손녀가 요즘 좋아하는 홍길주라는 래퍼가 있는데 그때 당신이 하던 랩과 비슷했어요. 뭔가 옛스러우면서도 세련된 랩이라는 평을 받더군요. 그 친구의 랩 정도면 따라할 수 있을 것 같아 연습하고 있어요. 혹시 또 만나게 된다면 한번 배틀해 볼까요?

p.s. 어디서 많이 본 사람이라고 생각하며 곰곰이 당신을 떠올

려 보니 젊은 시절 저랑 많이 닮았습니다. 누구의 눈치도 보지 않고 내 의견을 패기만만하게 말하던 그때를 저도 그리워하고 있었나 봅니다.

FROM. 책의 말을 들은 노인

인사가 늦었어. 보내 준 사진은 잘 받았어. 그런데 아쉽게도 그 사진엔 까만 암흑만이 담겨 있더라. 우리 얼굴이 다 까맣게 나왔다고. 플래시가 터지지 않아서 그런 건가? 사진을 좀 배워 보는 게 어때? 그런데 사진이 잘 찍혔다면 아마도 사진에 의지하느라 그때를 기억하려고 애쓰지 않았을 것 같긴 해. 그때를 잊지 않으려고 노력한 덕에 오히려 더 선명히 기억하게 되었어.

열심히 눈을 돌려 키보드를 치고 엄마가 정리해 주셔서 탈고를 했어. 불의의 사고 후에도 좌절하지 않고 환상적인 모험 이야기를 쓴 내 사연은 많은 사람들에게 회자되었지. 제법 유명인사가 되었어. 건강한 나였다면 과연 이만한 관심을 받을 수 있었을까 싶을 정도로 말이야. 질투하는 건 아니지?

그리고 내가 외로웠던 걸 알아준 너에게 할 말이 있어. 내 또래의 친구를 사귀었어. 도서관에서 주로 만나는데 매번 졸다가 사서 선생님께 혼나긴 하지만 재미있는 친구야. 이름은 홍길주. 책자아 도서관의 지하에서 뛰놀던 것처럼 우리는 서로의 생각을 나누며 상상의 운동장에서 뛰어다니고 있어. 기회가 되면 소개해 줄게.

내 몸이 예전처럼 되리란 꿈을 접은 건 아니지만 그렇다고 무모하게 떼를 쓰며 바라지도 않아. 하지만 하지 못한 말을 쌓아 두고 이월해서는 안 되겠다는 생각을 해. 내 생각을 심어 주고 가꿔 줘서 고마워. 또 심을 가치가 있는 생각을 계속 싹틔울게.

나와 같은 처지의 아이들이 모두 같은 경험을 하지는 않을 텐데 나에게 그곳에 다녀올 수 있는 기회가 주어졌음에 늘 감사하고 있어. 기회가 된다면 그곳에 다녀간 사람들과 만나는 자리를 마련하면 어떨까 하는데 말이야. 그때 내가 문을 열어 드리지 못했던 할아버지, 멀리서 13명의 아이들이 뛰노는 걸 바라보던 형, 내 책의 주인공들, 그리고 너.

내가 다니는 길을 지도에 그어 보니 참으로 단순하더군. 어느 순간부터 그어 놓은 선을 벗어나지 않더라고. 특히 몸이 이렇게 되고 나서는 더하지. 시공간을 초월해 동선이 겹친 사람들을 만나고 싶어. 아마도 시공간을 초월한 만남이 가능한 환상의 공간은 역시 도서관이겠지? 거기에 있다 보면 널 또 만날 수 있을까?

가끔 공허할 땐 메일을 보낼게. 답변은 안 해도 돼. 바쁠 테니까. 사진 실력이 좀 나아지면 사진도 보내 줘.

FROM. **눈으로 말하는 아이**

당신의 표롱각에서 기다리고 있을게요

공부에 큰 뜻 없이 중·고등학교 시절을 보내고 나면 수능 수학 시험 시간 100분 정도는 거뜬하게 멍을 때릴 수 있는 놀라운 능력을 갖게 되지요. 우리는 누구나 상상을 펼칠 수 있는 잠재력을 갖고 있습니다. 그 잠재력으로 여러분은 오늘 몇 가지 상상을 했나요? 열띤 강의를 들을 때 또는 5교시 수업 시간 저절로 내려오는 눈꺼풀을 필사적으로 올리며 몽롱하게 다녀온 그곳. 이 소설은 평범한 사람이라면 알게 모르게 매일 찍고 오는 상상 속의 그곳 이야기입니다. 공상이라면 뒤지지 않는 저는 청소년 시절부터 그곳에 닿았었죠. 도서관에 빼곡하게 꽂힌 다양한 책들은 제 상상의 영양제였습니다. 현실의 삶을 버텨 내느라 마음을 졸이며 살짝살짝 다녀오곤 했는데 어른이 되어 삶을 궤적을 따라가면서도 상상을 놓지 않다 보니 다시 그곳에 닿게 되더군요. 그리고 거기에서 자신만의 생각 정원을 가꾸고 있던 사람을 만났습니다.

그 사람은 19세기 홍길주라는 인물입니다. 19세기에 이렇게 힙한 사람이 있었다니!

'숙수념'이란 책을 통해 홍길주를 만나며 누가 시키지도 않았고 먹고사는 데 아무 도움이 안 되는 상상을 한, 나와 같은 결을 가진 삶의 동지를 만나 기뻤습니다. 마음 맞는 친구 찾기가 얼마나 어려운지 여러분도 잘 아시죠? 같은 시대에 사는지 여부는 크게 중요하지 않았습니다. 다양한 통로로 신비의 세상을 다녀온 것을 작품으로 풀어낸 작가들이 많은 걸 보면 어쩌면 상상을 우직하게 하는 사람들은 유사한 방식으로 생각 정원에 닿지 않았을까요? 홍길주는 문학가였지만 수학을 좋아하고 잘했다고 하더군요. 책 이곳저곳에 깨알같이 숨겨진 수학적 요소를 보면서 눈치챈 사람도 있겠지만 저도 수학을 좋아합니다. 그렇게 시공간을 초월하여 저와 책으로 맺어진 홍길주란 인물은 '자신과 다른 사람을 조화롭게 담아내는 마음을 가진 비단옷의 정원사'로 제 글에 담겼습니다. 그는 정원에서 대중의 기호에 닿지 못한 젊은 작가도 만나고 사람들이 좋다고 느끼는 작품은 하나 밖에 쓰지 못했다고 자책하는 노인작가도 만났으며 갑작스런 사고로 장애를 갖게 되어 작가의 꿈을 잠시 접은 아이도 만났습니다. 여러분과 제가 이 책으로 인연을 맺은 것처럼 이 소설은 생각 정원에서 책을 매개로 인연이 된 사람들이 교차하는 이야기입니다. 항상 시작은 설렘과 동시에 두려움을 갖게 합니다.《비단옷의 정원사》는 가장 평범한 사람들끼리 서로를 응원하며 '희망'을 품고 다시 '시작'할 용기를 갖는 이야기입니다. 시작할 용기를 갖는 데는 단 한 사람의 응원으로도 충분하죠. 그 한 사람이 비록 자신밖에 없을지라도 말이죠. 또 시작에는 나이도 따로 없습니다. 늦은 시작은 없어요. 살아 보니 각자 살아갈 인생의 시간과 속도는 모두 다릅니다. 그걸 꼭 말해 주고 싶었어요.

이 책을 선택한 여러분도 이제 곧 생각 정원으로 들어오겠군요. 저는 여기에 들어와 여러분을 기다리고 있겠습니다. 책들은 재잘재잘 가장 수다스럽지요. 어쩌면 세상의 모든 소리가 있어서 도서관에선 사람이 조용해야 하는지도 모릅니다. 책을 통해 세상 이야기를 듣다가 몽롱해지는 틈으로 생각 정원에 와서 제가 있는지 찾아 주세요. 여러분의 이름이 새겨질 표롱각에서 기다릴게요.

치열하게 담금질하며 각자의 생각 서재를 키워 가는
청소년들이 많아지길 고대하며
김상미

상상의 영양제

비단옷의 정원사의 전생 홍길주에 대해 더 알아보고 싶은 분들을 위해, 이 책의 씨앗을 만드는 데 귀한 도움을 준 참고 문헌을 아래에 적어 둡니다. 소설 속 인물은 허구지만 그 모티프가 된 홍길주에 대한 사실적 탐구를 하고자 하는 이들에게 닿길 바랍니다.

〈숙수념의 공간설계와 문학적 사유〉, 박무영, 2007.
〈숙수념 공간에서의 '틈'과 홍길주의 념〉, 하지영, 2008.
〈19세기 문인 항해 홍길주의 숙수념에 관한 조경학적 고찰〉, 홍형순, 이원호, 2006.
〈19세기 조선수학의 지적풍토: 홍길주(1786-1841)의 수학과 그 연원〉, 전용훈, 2004.
〈홍길주의 대수학〉 홍성사, 홍영희, 2008.
《상상의 정원》, 홍길주, 이홍식 옮김, 태학사, 2008.
《홍길주의 꿈, 상상, 그리고 문학》, 이홍식, 태학사, 2009.
《누가 이 생각을 이루어 주랴 1·2》, 홍길주, 박무영 옮김, 태학사, 2021.

오늘의
청소년
문학
38

비단옷의 정원사

초판 1쇄 2022년 12월 31일

지은이 김상미

펴낸이 김한청
기획편집 원경은 김지연 차언조 양희우 유자영 김병수 장주희
마케팅 최지애 현승원
디자인 이성아 박다애
운영 최원준 설채린

펴낸곳 도서출판 다른
출판등록 2004년 9월 2일 제2013-000194호
주소 서울시 마포구 양화로 64 서교제일빌딩 902호
전화 02-3143-6478 팩스 02-3143-6479 이메일 khc15968@hanmail.net
블로그 blog.naver.com/darun_pub 인스타그램 @darunpublishers

ISBN 979-11-5633-524-5 44810
     978-89-92711-57-9 (세트)